목마와 숙녀, 그리고 박인환

지은이 **김다언**

1989년 조선대학교 치과대학을 졸업하였다. 우연히 마주한 호기심으로
「목마와 숙녀」 그리고 박인환을 찾아 떠난 칠 년간의 여행 기록을 책으로 만들었다.

목마와 숙녀, 그리고 박인환

2017년 9월 28일 초판 1쇄 발행
지은이 김다언
펴낸이 김흥국
펴낸곳 도서출판보고사
등록   1990년 12월 13일 제6-0429호
주소   경기도 파주시 회동길 337-15 보고사 2층
전화   031-955-9797(대표), 02-922-5120~1(편집), 02-922-2246(영업)
팩스   02-922-6990
메일   kanapub3@naver.com/bogosabooks@naver.com
http://www.bogosabooks.co.kr
ISBN 979-11-5516-727-4   03810
ⓒ김다언, 2017

정가 12,000원

목마와 숙녀,
그리고 박인환

木馬와淑女

김다언 지음

보고사
BOGOSA

차례

일러두기

1. 시에 표기한 연도는 발표연대 중 가장 앞선 시기를 연대별로 표기한 것이며 『박인환 문학전집』 1-시 (엄동섭·염철 엮음)의 기록을 표기하였음.

2. 인용된 시는 발표 시기의 원문과는 차이가 있으며, 「박인환 손시집 검은 준열의 시대」(민윤기 엮음)과 『박인환 문학전집』 1-시(엄동섭·염철 엮음)를 참조하였음.

인연

1
인
연

❁

한 잔의 술을 마시고

우리는 버지니아 울프의 생애와

목마를 타고 떠난 숙녀의 옷자락을 이야기한다

목마는 주인을 버리고 그저 방울 소리만 울리며

가을 속으로 떠났다 술병에서 별이 떨어진다

상심한 별은 내 가슴에 가볍게 부서진다

그러한 잠시 내가 알던 소녀는

정원의 초목 옆에서 자라고

문학이 죽고 인생이 죽고

사랑의 진리마저 애증의 그림자를 버릴 때

목마를 탄 사랑의 사람은 보이지 않는다

세월은 가고 오는 것

한때는 고립을 피하여 시들어 가고

이제 우리는 작별하여야 한다

술병이 바람에 쓰러지는 소리를 들으며

늙은 여류작가의 눈을 바라다보아야 한다

…… 등대에 ……

불이 보이지 않아도

그저 간직한 페시미즘의 미래를 위하여

우리는 처량한 목마 소리를 기억하여야 한다.

모든 것이 떠나든 죽든

그저 가슴에 남은 희미한 의식을 붙잡고

우리는 버지니아 울프의 서러운 이야기를 들어야 한다.

두 개의 바위틈을 지나 청춘을 찾은 뱀과 같이

눈을 뜨고 한 잔의 술을 마셔야 한다.

인생은 외롭지도 않고

그저 잡지의 표지처럼 통속하거늘

한탄할 그 무엇이 무서워서 우리는 떠나는 것일까

목마는 하늘에 있고

방울 소리는 귓전에 철렁거리는데

가을바람 소리는

내 쓰러진 술병 속에서 목메어 우는데

- 「목마와 숙녀」, 『1954년간시집』(1955.6)

1955년 10월 15일 출간된 『박인환 선시집』에 실린 「목마와 숙녀」는 오랫동안 사랑을 받아 온 한국인의 애송시 중 하나이다. 박인환의 시집은 1976년 박인환 시인 20주기를 맞이하여 「세월이 가면」 등이 추가되고 일부는 제외되어 『목마와 숙녀』(근역서재)라는 제목으로 출간되었다.

이 시를 처음 접한 것은 고등학생 시절 연습장으로 쓰던 스프링노트에서이다. 유치환의 「행복」, 김춘수의 「꽃」, 박인환의 「목마와 숙녀」 등의 시가 수채화풍의 그림과 함께 표지로 장식되어 있어서 자연스럽게 시를 접하게 되고 쉽게 익숙해졌다. 또한 가수 박인희의 시낭송으로 라디오에서 종종 흘러나왔던 기억도 있다. 처음에 왠지 이해하기 어려웠지만, 몽환적이고 처량한 분위기를 풍기면서도 남녀가 어울려 술을 마시다 우는 듯 약간은 퇴폐적인 느낌으로 다가와 '뭐 이런 시가 다 있나' 했던 기억이 있다. 그렇게 특별한 의미를 두지 않았던 이 시를 곱씹어보게 만든 두 번의 사건이 있다.

첫 번째는, 5년 여가 흘러 대학교에 다니던 때였다. 여전히 표지에 시가 적혀 있는 스프링노트를 애용하던 내가 강의실에서 시를 들여다보고 있는데 지나가던 친구가 나를 탁 치며 말하길, "너 이 시가 어떤 시인지 아냐?" "아니 몰라." 그랬더니 '두 개의 바위틈을 지나 청춘을 찾은 뱀과 같이' 부분을 가리키며 성인용의 시라는 것이다. 나는 반사적으로 "에이 설마." 그랬더니 다시 '인생은 외롭지도 않고 그저 잡지의 표지처럼 통속하거늘' 부분을 짚으며 이거

1) 선데이 서울은 1968년 창간하여 1991년까지 발행된 잡지로 수영복을 입은 모델 사진과 성적 묘사와 소설 같은 기사가 많았던 잡지이다.

"선데이 서울[1]이라니까." 그러고는 "어린 놈."이라는 한마디를 던지고 가버렸다.

황당한 기분으로 시를 다시 천천히 읽어보면서, 동의할 수는 없지만 그렇다고 부정할 수도 없는 난감한 기분을 느꼈다. 결국 몇 번을 읽어보다 결론을 내리지 못하고 다시 일상으로 돌아갔다.

두 번째 사건은 이후 이십여 년이 지났을 때 일어났다. 스마트폰을 사용하는 것에 재미를 느껴 잠자리에서도 유튜브로 음악을 듣고 궁금한 것은 바로 검색하는 놀라움에 빠져있던 때이다. 「목마와 숙녀」를 박인희의 시낭송으로 듣고 있는데, 아내가 그 시를 해설해 달라는 것이다. 가끔씩 시집을 사고, 신경림의 「시인을 찾아서」 같은 책을 읽고 또 읽는 것을 알기에 믿고 부탁한 것이다. 가끔은 일을 만들어서라도 허풍을 떠는 것이 우리 집안의 가풍인지라 자연스럽게 잘난 척을 하라는데 마다할 이유가 없었다. 내심 '하필이면 이 어려운 시를' 하는 불안감이 스쳐지나갔지만 내색을 하지 않고 차분히 설명을 시작했다.

전쟁의 상처가 그대로 남아있는 시기에 쓰여 슬픔이 짙게 깔려 있고, 버지니아 울프(Virginia Woolf, 1882~1941)는 영국의 유명한 여류작가인데 자살로 생을 마감한 사람이라서 시의 분위기와 어울린다는 등의 이야기까지는 좋았으나 점점 나의 설명은 스텝이 꼬여갔다. 결국엔 멍한 아내의 눈을 보면서, 내가 나도 모르는 사이 장황하게 이야기를 늘어놓고 있음을 인정해야만 했다. 더 나가

11

면 거짓말로 마무리를 지어야 할 것 같아서 거기서 멈추기로 마음먹고, 다음에 다시 해주겠다고 말하며 이야기를 마쳤다. 그리고는 약간의 민망함을 뒤로하고 「목마와 숙녀」를 검색하기 시작했다.

박인환 시인과 시에 대한 여러 해설을 찾아보니 많은 사람들이 다양한 방법으로 해석을 시도하고 있었다. 하지만 모두들 막연한 느낌으로 슬픈 분위기에 대해서만 말하고 있고 더 깊숙한 뭔가를 짚어주지는 못한다는 느낌을 받았다. 그러면서 들었던 의문은, 분위기는 서정적이지만 막상 깊이 들어가면 무슨 내용인지 이해하기 어려운 시인데도, 여고생부터 어르신까지 다양한 사람들이 좋아하는 이유가 뭘까? 교과서에까지 실린 이유는 뭘까? 나부터도 울적할 때는 가끔씩 이 시를 읽거나, 혼자 집에서 박인희의 시낭송을 배경으로 술을 한 모금씩 마시는데, 그 이유는 어디에 있는 것일까? 그런 생각을 하니 이유가 더욱 궁금해졌다. 앞으로 박인환 시인의 다른 시도 읽어가면서 「목마와 숙녀」를 자주 읽다 보면 뭔가 알게 되는 날이 있겠지! 그렇게 마음을 다잡고 차분히 박인환 시인을 따라가 보기로 했다.

이렇게 대학시절 친구의 색다른 해석과 40대 중반에 불쑥 찾아온 궁금증이 인연이 되어, 박인환과 동료 시인들 그리고 버지니아 울프를 찾아 떠나는 몇 년 동안의 여행이 시작됐다.

처음에는 박인환 시인의 다른 작품을 읽는 것부터 시작했다. 무언가 그 속에 단서가 있을 것이라는 판단 때문이었는데, 박인환 시인의 다른 시 「침울한 바다」를 읽으면 모두 동의할 것이라 믿는다.

그러한 잠시
그 들창에서 울던 숙녀는
오늘의 사람이 아니다.

목마의 방울소리.
또한 번갯불
이지러진 길목.
다시 돌아온다 해도
그것은 사랑을 지니지 못했다.

해야, 새로운 암흑아
네 모습에
살던 사랑도
죽던 사람도
잊어버렸구나.

침울한 바다.
사랑처럼 보기 싫은
오늘의 사람.

그 들창에
지나간 날과 침울한 바다와 같은

나만이 있다.

- 「침울한 바다」, 『현대문학』(1956.4)

처음에는 박인환 시인의 다른 시를 읽으며 '아! 이건 더 어렵네.' 하는 느낌이었다. 나름 일찍 시를 접해 초등학교 때 읽은 김소월 시집의 인상이 강렬해서 그가 한국 최고의 시인이라 생각했고, 그의 시에 곡을 붙여 만든 노래는 장르를 불문하고 지금도 좋아한다. 중고등학교 교과서에 많이 나와 익숙했던 청록파 시집을 사고, 이들을 문장지에 등단시킨 정지용 시인의 시에 곡을 붙인 「향수」를 부르며, 정지용 시집을 읽는 것을 멋으로 알고 지내왔다. 또한 80년대에 대학 생활을 해서인지 참여시에도 익숙했다. 하지만 취미 수준인 나의 시적 취향은 박인환의 시들을 앞에 두고 참으로 난감했었다. 고백하자면 약간의 의무감으로 시를 읽어냈지만 기어이 성과물을 만들어내야 하는 위치에 있지 않은 것이 그나마 다행이었다. 만약 그런 부담감이 있었다면 스트레스 때문에 일찍 포기했을지도 모른다. 다행히 편안한 마음으로 읽고 싶을 때 읽을 수 있고, 시간에 구애를 받지 않고 다양한 감정 상태에서 「목마와 숙녀」라는 시를 바라볼 수 있어서 이 작업이 가능했던 것 같다.

운이 따라주어서인지 어느 날 문득 눈이 살짝 떠지는 순간이 있었고 그때부터 길이 보이기 시작했다. 무언가 길이 열리기 시작하자 우쭐한 마음이 생기면서 '바로 이것이었구나.' 했지만, 한순간에 모두 깨우칠 수 없어서 의혹의 문은 여전히 여러 곳에 남아 있었다.

 그 당시에 박인환 시인과 친했고 활동을 같이했던 시인들의 글과 『박인환 평전』에 나온 내용을 보자.

> 인환은 난해하고 어려운 예술을 좋아했어요. 그쪽 방면의 연극을 관람하고 책이며 잡지를 읽었죠. 자연히 프랑스, 영국, 미국 등 선진국의 문화를 흡수하고 새로운 것에 대한 정보가 누구보다 빨랐어요. 늘 세계 문화 예술의 흐름을 놓치지 않으려고 노력했어요. 모더니즘[2]의 깃발을 들었던 거죠. 관심과 삶이 그렇듯 그의 시 작품도 어렵고 난해했어요.
> 자연히 시인들도 멀리했죠. 그게 모더니즘을 하며 겪은 고통이에요. 세상과 소통하기보다 생각하고 연구하고 새로운 것을 실험하는 일에 관심했기 때문일 겁니다. 내부적으로만 깊이를 가지려다 보니 고생이 심했어요. 반면에 천상병 시인은 있는 대로 살며, 쉬운 말로 시를 쓰니 대중성을 확보할 수 있었죠. 서로 반대라고 볼 수 있어요.
> – 김규동, 「시인 천상병과 박인환」, 『나는 시인이다』

인환을 제일 처음 본 것이 박상진이가 하던 극단 '청포도' 사무실의 2층에서였다. 그때 '청포도'가 무슨 연극

2) 모더니즘은 기존의 도덕, 권위, 전통 등을 부정하고 새롭고 혁신적인 문화의 창조를 추구하는 예술상의 경향과 태도를 말한다.

을 하고 있었는지는 기억에 없지만 인환이가 한병각의 천재를 칭찬하고 있던 것만은 지금도 생각이 난다. 또한 콕토의 「에펠탑의 신랑신부」 이야기를 하면서 자기가 꼭 상연해 볼 작정이라고 예의 열을 올리기도 했다. (중략)

그 후 그가 책가게를 열게 되자 나는 헌 책을 팔려고 자주 그의 가게에 발을 들여놓게 되었고, 그가 이상한 시를 좋아한다는 것도 알게 되었다. 나는 그를 통해서 미기시 세쓰코, 안자이 휴우에, 기타노조 가쓰에, 곤도 아즈마 등의 이상한 시에 접하게 되었고, 그보다도 더 이상한, 그가 보여 주는 그의 자작시를 의무적으로 읽지 않으면 아니 되게 되었다. 그는 일본말이 무척 서툴렀고 조선말도 제대로 아는 편이 못 되었지만, 그 대신 그의 시에는 내가 모르는 멋진 식물, 동물, 기계, 정치, 경제, 수학, 철학, 천문학, 종교의 요란스러운 현대용어들이 마구 나열되어 있었다. 요즘의 소위 '난해시'라는 것을 그는 벌써 그 당시에 해방 후 처음으로 본격적으로 시작하고 있었다. 그의 책방에는 그 방면의 베테랑들인 이시우, 조우식, 김기림, 김광균 등도 차차 얼굴을 보이었고……. (중략)

이 글의 의도는, 마리서사를 빌려서 우리 문단에도 해방 이후에 짧은 시간이기는 했지만 가장 자유로웠던,

좌·우의 구별 없던, 몽마르트 같은 분위기가 있었다는 것을 자랑삼아 이야기해 보고 싶었다.

- 「마리서사」, 『김수영 전집』

3) 리리시즘은 예술 작품에 표현된 서정적인 정취를 말한다.

「목마와 숙녀」는 박인환의 대표작이다. 이는 그의 후기 작품으로, 그가 지니고 있는 리리시즘[3]이 가장 강하게 나타난 작품의 하나이다. 그런가 하면, 이 「목마와 숙녀」는 그의 만년에 즉흥적으로 써졌고 많은 사람들에게 애창되고 있는 「세월이 가면」과 함께, 초기에 그가 보였던 관념적이며 진술적인 표현, 사물을 직시적으로 바라보는 눈을 버리고 새로운 감성의 세계로 전이하려는, 그의 전환기적 입장을 보여 주는 작품이기도 하다. 만약 그가 더 오래 살아서 더 많은 시작품을 세상에 남겼다면, 초기의 덜 승화된 모더니즘의 수법에서 보다 감성으로 심화된 세계를 보일 수 있었을 것이라는 추측까지 가능하게 하는 작품이기도 하다.

이 작품에 대하여 평론가는 '모든 떠나가는 것에 대한 애상을 주지적으로 노래한 시'라고 이야기하며, '시대적 불안과 애상이 매우 지적으로 세련된 표현 속에 살아 있으며', '술병에서 별이 떨어지고/방울소리는 귓전에 쩔렁이고/가을 바람소리는 내 쓰러진 술병 속에서 목메어 우는데'와 같은 표현은 직정적이며 감성적 절규

가 풍미하던 전후의 시단에 매우 감각적이며 동시에 지
적 절제를 보이는 작품(정한모·김용직, 『한국현대시요
람』)이라고 이야기하고 있다. (하략)

- 윤석산, 『박인환 평전』

위의 글에서 우리는 「목마와 숙녀」가 얼른 이해가 되지 않는 이
유를 알 수 있다. 그림으로 빗대어 말하자면 자연의 풍경을 사실적
으로 묘사하던 시대와는 확연히 구분되는 추상화의 시대로 넘어
오는 시기가 도래했을 때 사람들은 난해한 그림을 보면서 무척 당
황했을 것이다.

우리나라의 시단에도 서정적이고 자연주의적인 시가 주류를 이
루던 시기가 있었고 또 새로운 흐름을 만들어 가던 시기도 있었을
터이니, 박인환 시인도 새로운 경향의 시를 내놓으려 애썼던 시인
중 한 명이라 생각하면 이해가 쉽다. '쉬운 시'를 언급하여 자연스
럽게 '난해시'에 대한 박인환 시인의 견해를 조금 엿볼 수 있는 시
가 있다.

나는 언제나 샘물처럼 흐르는
그러한 인생의 복판에 서서
전쟁이나 금전이나 나를 괴롭히는 물상과
부드러운 목소리로 이야기할 때
한줄기 소낙비는 나의 얼굴을 적신다.

진정코 내가 바라던 하늘과 그 계절은
푸르고 맑은 내 가슴을 눈물로 스치고
한때 청춘과 바꾼 반항도
이젠 서적처럼 불타버렸다.

가고 오는 그러한 제상과 평범 속에서
술과 어지러움을 한하는 나는
어느 해 여름처럼 공포에 시달려
지금은 하염없이 죽는다.

사라진 일체의 나의 애욕아
지금 형태도 없이 정신을 잃고
이 쓸쓸한 들판
아니 이지러진 길목 처마 끝에서
부드러운 목소리로 이야기한들
우리들 또다시 살아 나갈 것인가.

정막처럼 잔잔한
그러한 인생의 복판에 서서
여러 남녀와 군인과 또는 학생과
이처럼 쇠퇴한 철없는 시인이
불안이다 또는 황폐롭다

부드러운 목소리로 이야기한들
광막한 나와 그대들의 기나긴 종말의 노정은
예나 지금이나 변함없노라.

오 난해한 세계
복잡한 생활 속에서
이처럼 알기 쉬운 몇 줄의 시와
말라 버린 나의 쓰디쓴 기억을 위하여
전쟁이나 사나운 애정을 잊고
넓고도 간혹 좁은 인간의 단상에 서서
내가 부드러운 목소리로 이야기할 때
우리는 서로 만난 것을 탓할 것인가
우리는 서로 헤어질 것을 원할 것인가.

－「부드러운 목소리로 이야기할 때」, 『현대시선집』(1954)

위의 시는 자전적인 시로 보이며 그래서인지 '난해시'를 쓰는 그의 철학이 조금 드러나고 있다.

난해한 세계와 복잡한 생활을 하나의 측면만을 가지고 말하기는 쉽지 않으며 여러 측면에서 바라보고 이야기해야 제대로 설명할 수 있다. 박인환 시인은 난해하고 복잡한 세상 속의 삶을 시로 표현하기 위해 노력한 것으로 생각되는데, 이러한 전제에서 본다면 그의 시는 이해 불가능한 것이 아니며 우리 삶의 다양한 시각으로 들여다볼 때 공감이 가능하다. 「목마와 숙녀」에 대한 해석이 다양하게 이루어졌지만 아직 남아있는 과제에 대해 『박인환 평전』에 언급된 내용을 보자.

> 이 작품에 대한 많은 평론가들의 분석과 해설에도 불구하고, 명료하게 해명되지 않고 있는 부분이 곧 '목마'라는 명사와 '숙녀'라는 명사이다. 즉 이 두 단어는 현상적 언어로 설명되기를 거부하며 이 시의 중요한 핵심을 이루고 있다. 물론 시에 나오는 모든 단어가 어떠한 현상적 언어로 모두 설명되어야 한다고는 생각지 않는다. 오히려 설명될 수 없는 부분에서 시적인 매력을 더욱 느낄 수 있다. 이런 맥락에서 너무 쉽게 설명될 수 있다면, 이는 시적인 의미를 상실한 시로서 별 감흥과 공감을 주지 못하는 시가 될 수 있다. 그러나 이 시에서의 '목마'와 '숙녀'는 시의 제목인 동시에 이 시를 풀어가는 중요한 중심어가 되고 있기 때문에 어떠한 의미에서도 해명되고 또 설명되어야 할 줄로 믿는다.
>
> – 윤석산, 『박인환 평전』

이 책은 「목마와 숙녀」를 이해하기 위해서 공부했던 자료 중에서 '목마', '숙녀'에 관계된 내용과 박인환 시인의 시 세계를 이해하는 데 도움이 될 만한 자료를 정리했으며 모든 구절을 파헤치는

식의 접근을 하지는 않을 것이다. 시라고 하는 것이 하나의 의미만
을 담고 있다고 생각하지 않으며 문제풀이식의 답을 만드는 것도
거부하지만, 「목마와 숙녀」가 서구적인 언어와 도시적 감성에다
가 낭만적인 언어와 허무를 대충 버무려서 만든 '그렇고 그런 시'
라고 비판하는 사람들에게는 오해를 풀고 싶은 마음 간절하다.

전쟁과 술

2
전쟁과 술

✼

대중에게 널리 알려진 「세월이 가면」이라는 시는 박인환 시인이 낭만적인 서정시를 주로 쓰는 시인으로 인식되는 데 큰 역할을 했다. 특히 가수 박인희의 노래로 많은 사랑을 받았는데, 이 시에 얽힌 술자리 일화까지 곁들여져서 더욱 낭만적인 분위기를 자아냈다.

내용인즉, 명동의 어느 빈대떡 집에서 술을 마시던 중에 즉흥적으로 박인환이 시를 쓰고 이진섭이 작곡을 하였고 가수 나애심이 노래를 불렀으며, 마침 지나가던 테너 임만섭이 합류하여 같이 노래를 불러서 명동의 밤을 아름답게 만들었다는 이야기이다. 이 내용은 2004년 EBS에서 방영된 24부작 「명동 백작」에도 소개되어 대중에게 널리 알려져 있다. 여기에 「세월이 가면」을 쓰기 전에 박인환 시인이 망우리 공원묘지에 잠들어 있는 첫사랑에게 다녀왔고, 시인이 죽기 얼마 전에 일어난 일이었기에 시인이 무언가를 예감했던 것이 아니었을까 하는 이야기도 더해져 마치 영화 같은 느낌마저 들게 한다. 또한 박인환 시인의 시에 등장하는 '소녀', '숙녀' 등은 시인의 '첫사랑'과 어떤 연관이 있을까 하는 궁금증을 자아내게 만든다. '첫사랑'이 세상을 떠난 지 십 년이 넘었고, 시인이 한창 젊은 나이인 31세에 사망했음을 떠올리며 시에 공감한 많은 독자도 함께 가슴 아파하며 아련한 첫사랑의 추억에 젖어들었을 것이다.

지금 그 사람 이름은 잊었지만
그 눈동자 입술은
내 가슴에 있네

바람이 불고
비가 올 때도
나는
저 유리창 밖 가로등
그늘의 밤을 잊지 못하지

사랑은 가고 옛날은 남는 것

여름날의 호숫가 가을의 공원

그 벤치 위에

나뭇잎은 떨어지고

나뭇잎은 흙이 되고

나뭇잎에 덮여서

우리들 사랑이

사라진다 해도……

지금 그 사람 이름은 잊었지만

그 눈동자 입술은

내 가슴에 있네

내 서늘한 가슴에 있네

– 「세월이 가면」, 『주간 희망』(1956)

　박인환의 시에 자주 등장하는 '소녀', '숙녀'가 시인의 첫사랑과
어떤 관련이 있는지 많은 궁금증에도 불구하고 구체적인 내용이
알려진 바가 없어 그의 난해한 시처럼 모호하기만 하다.

　「세월이 가면」에 대한 일화는 술자리를 배경으로 하지만 시의
내용에 술이 등장하지는 않는다. 하지만 「목마와 숙녀」는 아예 '한
잔의 술을 마시고'로 시작해서 '술병 속에서 목메어 우는데'로 끝
난다. 중간 중간 술병과 술을 마시는 내용이 나오는 것을 감안하면

처음부터 끝까지 통째로 술이 시의 흐름을 지배하고 있다고 보아도 무방하다. 다시 말해서 「목마와 숙녀」는 술자리를 무대로 '버지니아 울프', '목마', '숙녀', '소녀', '문학', '인생' 등을 이야기하는 내용이며 전체적인 분위기는 슬픔이 깔려 있는 시라고 볼 수 있다.

박인환의 다른 시에도 술과 연관된 단어가 많이 등장하는데, 이는 『박인환 전집』에 수록된 시에서 무려 30퍼센트에 가까운 비중을 차지한다. 그렇다면 왜 그렇게 술에 관한 내용이 많은지 궁금증이 생기는 한편, 술에 대한 박인환의 정서를 아는 것은 그의 시를 이해하는 과정에서 아주 중요한 일이라고 생각할 수 있다. 동료 문인들 역시 그의 성격이나 문화 예술적 취향을 회고할 때 항상 술을 빼놓지 않고 언급하고 있다.

4) 앙팡 테리블은 장 콕토의 소설제목 '무서운 아이들'이라는 뜻이다.

인환은 이때부터 더 한층 우리들의 전통과 풍습에 항거하는 이단아와도 같은 앙팡 테리블[4]의 모습을 가열해가는 성 싶었다. 결혼이라는 안정감 속에서 그가 조용히 자리 잡혀 있을 줄만 알았을 것인데, 그렇지 않았다. 그는 그 무엇에 쫓기는지 곧잘 감격하고 흥분도 잘 하는 성품이었다.

어느 날 밤, 영화 「까스등」인지 무언지를 보고 와서는 우리들 앞에서 그 스토리와 대사와 연기를 너무나 실감나게 터놓았던 것이다. 그리고 영화 「카사블랑카」인지,

「마음의 행로」인지를 본 후에도 흥분된 어조로 그런 제스처를 하곤 하였다.

그는 늘 파리의 예술가들의 생활을 무척 그리워하였고, 언젠가는 그 곳에 뛰어들어갈 꿈을 그리곤 하였다. 마치 '프랑시스 가르꼬'의 「예술 방랑기」에 나오는 파리의 몽마르트에서 몽파르나스로 매일같이 줄달음치는 예술가들처럼 돌아다니곤 하였다. 종로에서 시청 앞으로, 소공동을 거쳐 명동으로 아침부터 저녁까지 밤낮으로 무엇에 쫓기는 사람처럼 다니곤 하였다. 명동에는 휘가로(피가로) 다방, 시청 옆에 있던 신맥 다방, 그리고 명동 뒷골목에 있던 조그마한 다방(이름은 잊었음)에도. 여기에는 시인, 소설가들이 많이 모여들었던 것이다. 이 다방 벽에는 6·25 때 부산에 와서 자진한 전봉래 번역으로 된 발레리(Valery Paul, 1871~1945)의 「잃어버린 술」이라는 시가 걸려 있던 곳이기도 하다. 그 당시로서는 그런 것이 좀 이채롭기도 한 때였다.

밤이 되면 술집으로 모이기도 하였지만, 지금 기억에 떠오르는 술집 이름이라곤 없을 만큼 나도 그리 술을 많이 즐기는 편도 아니었고, 인환이도 그리 많이 마시는 일은 없었다. 그러나 수영과 병욱은 지나치게 너무 마시는 편이었다. 여기에 비하면 이봉구 씨는 대선배격인 호주가로서 명동이 떠들썩할 만큼 위세를 떨쳤던 것이다.

체질적으로 그렇게 술을 많이 마시지 못하는 인환이 결국 술에 만취되어 심장마비로 숨겨 갔다는 것은 무슨 뜻밖의 이변이 아닐 수 없다. 위에서 말했듯이 어떤 영화에 감격했던지 흥분했던 나머지 술을 마시다 보니 주량이 넘어 그런 결과가 빚어진 것이 아닌가 싶다. 명동 5정목(당시 구역)쯤 되는 한 뒷골목에 수영의 어머님이 조그만 가게를 차리고 계셨던 것 같이 기억되는데, 그곳에서도 많이 모여 술도 마시고 하여 수영의 어머님을 많이 애태우게 한 것도 같다. 여기에는 이봉구 씨를 위시하여, 김병욱, 이한직, 임호권, 김경린, 때로는 박기준과 내가 끼이기도 하였다. 더욱이나 수영의 생일이나 크리스마스 밤이면 더 시끄러웠고, 때로는 여기를 기점으로 기나긴 진고개를 주름 잡으면서 번화한 명동 쪽으로 진격을 강행하여 나갔던 일이 한두 번이 아니었다.

그런 자리에서 인환은 어쩌다 술에 취하면, 스펜더의 시 「급행열차(The Express)」를 낭송하면서 큰 기세를 보였기에 만장이 환호로 맞아 주었던 것도 어제 같은 생각이 든다. 그는 가끔 자기의 '마리서사'에서나 다방에서 나를 만나면 흥분된 어조로, "양 형 어때, 이 시 좋지?" 하고 시 몇 구절 쓴 것을 보이며 혼자 낭독하기도 하였다. 그리고는 공감을 호소하듯이,
"조지 거슈인(Gershwin George, 1898~1937)의 음악을 들으면서 썼어. 그놈의 음악을 들으면 미칠 것만 같애." 하던 일도 기억에 새롭다. 인환은 그 당시 또한 전후에 새로 나온 거슈인의 음악을 무척 좋아했던 것이다.
– 양병식, 「한국 모더니스트의 영광과 비참」

박인환 시인은 막상 술을 많이 마시지 못하면서도, 미국 여행을 다녀온 후에 기고한 여행기에서는 미국의 술집 분위기, 술맛, 술값, 종류 등에 관해서 자세히 기술하고 있으며, 기분 좋은 일은 '조니 워커'5)를 마시는 것과 같다는 표현을 사용하기도 했다. 이 정도면 술을 좋아하는 내가 봐도 대단하다는 표현으로는 부족하고 존경스럽다(?)고 표현하고 싶다. 개인적으로 시를 읽을 때 가끔 한두 잔의 술을 마시는 습관이 있어서 그의 시에 자주 눈이 갔는지 모르지만, 내가 「목마와 숙녀」를 이해하기 시작하며 처음 눈을 뜬 때가 술자리의 분위기를 연출하고 있다는 것을 알아차린 순간이었다.

시의 내용 중에 '술병에서 별이 떨어진다 상심한 별은 내 가슴에 가볍게 부서진다'의 부분은 낭만적이고 서정적으로 슬픔을 표현

5) 조니 워커는 스코틀랜드의 스카치 위스키 브랜드이다. 전 세계에 가장 널리 유통되는 블렌딩 스카치 위스키이다.

하고 있는 것으로 보이지만 시를 너무 단순하게만 인식하면 이해하기 어려워진다. 시작부터 술자리를 염두에 두고 만들어진 시라고 생각하며 읽는다면, 술병에서 떨어지는 별(술), 이것을 마셔서 가슴속에서 가볍게 부서지는(퍼져가는) 상심한 별(술)이라고 생각할 수 있다. 술집 전등불은 술병 속에서 반사되어 별빛처럼 빛나고, 이걸 들고서 잔에 술을 따라주면 별빛은 잔 속으로 떨어지고, 시인이 잔을 들어 마실 때 그의 상심한 가슴 속에서 퍼져가는 소주의 시원하면서도 알싸한 느낌을 상상해보자. 그리고 슬픔을 이야기하며 마시기에 술은 '상심한 별'이라는 시적 언어로 전환되어 표현되고 있다는 것을 되새기며 다시 한 번 시를 음미해보자.

술에 대한 표현이 매우 낭만적이면서도 시적으로 잘 다듬어져, 그 자체로도 아름다운 시가 되고 또 숨은 뜻을 이해하고 보면 감탄이 절로 나오는 대목이다. 이후 계속 나오는 내용을 본다면 「목마와 숙녀」는 다듬고 또 다듬어서 발표된 시라는 생각에 공감하리라 믿는다. 또한 오랫동안 그토록 많은 사랑을 받아온 이유를 자연스럽게 알게 될 것이다.

박인환 시인의 시는 시기별로 구분할 수 있는데, 술을 기준으로도 구분이 가능하다. 초기의 시에서는 술에 관한 내용은 보이지 않고 후기의 시에서 많이 보이는데 그 이유를 알 수 있는 글이 있다.

박인환이 술을 많이 마시기 시작한 시기는 정확히 알수 없다. 분명한 것은 총각 시절, 신혼 초기에는 거의 술을 마시지 않았다는 것이다. 명동으로 진출을 하고, 신문사 생활을 하고, 김광주를 만난 이후부터 그는 조금씩 술을 입에 대기 시작했다고 한다. 그러나 그의 술은 풋술이었지 결코 호주가의 술은 아니었다. 즉 명동의 밝은 불빛과 어디에고 구속될 수 없는 자유로운 정신, 마음이 맞는 친구와 선배, 이러한 주위의 환경이 그에게 술을 마시게 한 것이다.

(중략)

그의 친구들의 말을 빌리면, 박인환이 술을 과하게 하기 시작한 것은 전쟁 때부터라고 한다. 전쟁이 그에게 준 것이 어디 술 마시는 버릇뿐이랴마는, 전쟁이 일깨워 준 허무감은 그로 하여금 쓰디쓴 독주를 마시게 했던 것이다.

- 윤석산, 『박인환 평전』

한국전쟁이 나던 해 인민군이 지배하던 서울에서 박인환 시인의 둘째 딸이 태어났고 이후 가족은 어린아이를 업고 피난길에 올랐다. 당시 많은 피난민이 겪은 모진 고생은 현대의 우리들이 상상하기조차 어려울 정도였다. 시인이 당시 처했던 상황을 말해주는 「어린 딸에게」라는 시를 보면 조금이나마 상상이 가능하다. 전쟁은 국가적으로 엄청난 재앙이었기에 시인이 처했던 사회적 상황과 정신적 충격은 감당하기 어려웠을 것이며 그에 대한 고뇌는 여러 편의 시에 자세히 표현되고 있다.

넓고 개체 많은 토지에서
나는 더욱 고독하였다.
힘없이 집에 돌아오면 세 사람의 가족이
나를 쳐다보았다. 그러나
나는 차디찬 벽에 붙어 회상에 잠긴다.

전쟁 때문에 나의 재산과 친우가 떠났다.
인간의 이지를 위한 서적 그것은 잿더미가 되고
지난날의 영광도 날아가 버렸다.
그렇게 다정했던 친우도 서로 갈라지고
간혹 이름을 불러도 울림조차 없다.
오늘도 비행기의 폭음이 귀에 잠겨
잠이 오지 않는다.

잠을 이루지 못하는 밤을 위해 시를 읽으면
공백한 종이 위에
그의 부드럽고 원만하던 얼굴이 환상처럼 어린다.
미래에의 기약도 없이 흩어진 친우는
공산주의자에게 납치되었다.
그는 사자만이 갖는 속도로

고뇌의 세계에서 탈주하였으리라.

정의의 전쟁은 나로 하여금 잠을 깨운다.
오래도록 나는 망각의 피안에서 술을 마셨다.
하루하루가 나에게 있어서는
비참한 축제이었다.
그러나 부단한 자유의 이름으로서
우리의 뜰 앞에서 벌어진 싸움을 통찰할 때
나는 내 출발이 늦은 것을 고한다.

나의 재산 …… 이것은 부스럭지
나의 생명 …… 이것도 부스럭지
아 파멸한다는 것이 얼마나 위대한 일이냐.

마음은 옛과는 다르다. 그러나
내게 달린 가족을 위해 나는 참으로 비겁하다
그에게 나는 왜 머리를 숙이며 왜 떠드는 것일까.
나는 나의 말로를 바라본다.
그리하여 나는 혼자서 운다.

이 넓고 개체 많은 토지에서
나만이 지각이다.

언제 죽을지도 모르는 나는

생에 한없는 애착을 갖는다.

– 「잠을 이루지 못하는 밤」, 『선시집』(1955)

위의 시는 전쟁으로 인한 고통 속에서 그것을 망각하기 위하여 술을 마신다는 설명과 함께, 가족을 책임지는 가장으로서의 소임을 다하려고 자존심을 접으며 속으로는 괴로워 눈물을 흘리는 상황을 진솔하게 표현하고 있다.

박인환 시인과 절친하면서도 앙숙이었던 김수영 시인은 전쟁 중에 북한 의용군에 끌려갔다 탈출하여 '거제도 포로수용소'에 수용되어 있다가 모진 고생 끝에 석방됐다. 또한 친했던 많은 동료 문인들이 남과 북으로 갈리어 생사도 모르는 상황이었다. 이런 현실 속에서 자유당 권력에 아부하는 문단의 주도세력에 밀려서 외로울 수밖에 없었던 분위기가 시로 표현된 것으로 보인다. 전쟁은 개인뿐 아니라 사회 전반에 미치는 영향이 지대해서 21세기 한국 사회에서도 전쟁이 낳은 베이비부머 세대는 아직도 큰 정치·경제적 의미를 부여받고 있다. 전쟁이란 분명코 문명과 도시를 파괴하며 나아가 자연과 생명 그리고 인간의 내면까지도 파괴하는 것이리라. 박인환 시인과 마찬가지로 전쟁의 고통 속에서 당시의 많은 사람들은 손쉬운 탈출구로 술을 선택했을 것이다.

1차 세계대전(1914년 7월~1918년 11월) 후에 미국이 1919년 의회에서 금주령 법안을 비준하여 금주령을 시행하다가 1933년에 폐지

하였던 것만 보더라도 동서양을 막론하고 전쟁 후에 고통을 잊기 위하여 많은 사람들이 술을 찾았음을 알 수 있다. 한국의 문인이나 예술가들의 기록을 보더라도 전쟁 후에 술과 함께 비참한 생을 마친 내용이 많음을 쉽게 확인할 수 있다. 박인환의 시를 전쟁 전과 후로 구분하여 읽어보면 전쟁 전에는 힘차고 미래의 희망을 노래하는 시들이 있지만 전쟁 후에는 허무와 비애를 주로 나타내고 밝은 미래를 표현한 시가 너무 없어서 안타까울 정도이다. 박인환 시인은 전쟁 중에 종군작가단의 일원으로 활동하면서 전쟁과 관련한 글과 시를 많이 남겼는데, 아마도 일반인보다는 전쟁의 실체를 조금 더 자세히 지켜보았을 것이다.

전쟁 중이던 서울에서 박인환 시인의 집에 들렀던 지인은 서재의 책장에 먼지 하나 없을 정도로 깨끗하고 가지런히 책이 꽂혀 있는 것을 보고 놀랐었다는 기록을 남겼다. 시인이 그토록 책을 아꼈지만, 「잠을 이루지 못하는 밤」에 서적이 잿더미가 된 내용이 있는 것으로 보아 전쟁 중에 책도 불타고 어려운 생활을 했던 모양이다. 전쟁 후 술을 빈번하게 마시던 박인환 시인은 사망하기 사흘 전부터 시인 이상을 추모한다며 날마다 빈속에 술을 마셨고 마지막 날에는 새우젓에 소주를 마시다가 귀가한 것으로 알려져 있다. 급작스런 사망소식을 듣고 달려온 동료 문인들은 시인이 평소에 좋아했으나 쉽게 마실 수가 없었던 '조니 워커'를 죽은 시인의 입에 부어주고 눈물을 흘리면서 자신도 한 모금씩 마셔가며 죽음을 안타까워했다고 한다. 장례식에서 관에 흙을 덮을 때는 '조니 워커'와 담배를 함께 묻었다고 전해지는데, 바로 박인환 시인이 31세가 되던 해의 일이다.

당시 마지막 날에도 함께 술을 마셨고 안타까움 속에서 동료이자 친구를 보내야 했던 김규동 시인은 박인환 시인에 대한 많은 글과 추모시를 남겼는데, 당시에 술을 많이 마시고 가정을 돌보지 못한 것에 대한 미안한 마음을 담아 김규동 시인이 자신의 부인에게 보내는 시가 있으며 박인환 시인도 내용에 나온다.

> 아내의 결혼반지를 팔아
> 첫 시집을 낸 지
> 쉰 해 가깝도록
> 그 빚을 갚지 못했다
> 시집이 팔리는 대로
> 수금을 해서는
> 박인환이랑 수영이랑 함께 술을 마셔버렸다
> 거짓말쟁이에게도
> 때로 눈물은 있다
> - 김규동, 「추억」

어린 자녀들을 젊은 부인에게만 맡기고 떠난 탓에 박인환이 누비던 명동거리에서 그의 부인은 아이들을 돌보기 위해 술장사를 하게 되었다. 이 사건은 동료 문인들의 마음을 아프게 하였지만 어찌할 것인가! 그들 역시 가난하고 어려웠던 시절의 문인으로 속으로만 눈물을 삼킬 수밖에. 김규동 시인이 아내에게 마음의 눈물을 흘렸던 것처럼 마음이 여렸던 박인환 시인도 아마 하늘에서 많은 눈물을 흘렸으리라.

버지니아울프와 참여시

3
참여시 버지니아 울프와

❀

한 잔의 술을 마시고
우리는 버지니아 울프의 생애와
목마를 타고 떠난 숙녀의 옷자락을 이야기한다.
(중략)
술병이 바람에 쓰러지는 소리를 들으며
늙은 여류 작가의 눈을 바라다보아야 한다
…… 등대에 ……
(중략)
모든 것이 떠나든 죽든
그저 가슴에 남은 희미한 의식을 붙잡고

우리는 버지니아 울프의 서러운 이야기를 들어야 한다
(후략)

「목마와 숙녀」에서 버지니아 울프는 여러 차례에 걸쳐서 각기 다른 느낌을 가지고 등장한다. 시의 중간 중간이 '~한다.'라고 문장이 마무리되고 있어서, 마치 시인이 독자에게 무언가를 강하게 요구하고 있다는 느낌을 주고 있다. 내용인즉, 버지니아 울프에 대해서 관심을 가지고 알아보라는 뜻으로 이해할 수 있을 것이다.

버지니아 울프에 대해서는 박인환의 시에서뿐만 아니라 그가 쓴 산문에도 「버지니아 울프, 인물과 작품」이라는 제목으로 자세히 소개됐다.

버지니아 울프는 1920년대에서 30년대에 걸쳐 신심리주의[6]의 문학이 낳은 극히 중요한 여류 작가이다.

그는 총명하고 남성에게 지지 않는 교양과 재능을 구비하고 특이한 작품을 남겼으나 결국 여류 작가였기 때문에 더한 의의를 가지고 있었다고 생각된다.

(중략)

울프는 20세부터 소설을 썼으나 약한 신체이므로 조금씩밖에는 쓰지 못하였고 본래 양심적인 탓으로 처녀작을 발표한 것은 34세이다.

소설은 전부가 11편이고 그 외에 대소의 에세이가 약 10

[6] 신심리주의는 20세기 초에 정신 분석학을 바탕으로 일어난 문예상의 한 유파를 말한다.

권에 달하고 있다.

습작 시대의 『항해』(1915)와 『밤과 낮』(1919)은 그리 주목할 것은 없으나 전자에는 생생한 감수성이 보이고 후자에는 제인 오스틴의 영향이 많다.

『월요일이나 화요일』에서 돌연 하나의 변화를 보였다. 이것은 스케치류의 단편을 모은 것이며 외계에 있어서의 사소한 현상이 내면의 심리에 어떠한 파문을 던지고 그것을 모자이크 같은 시적 산문으로 실험한 것이다.

주인공인 제이콥의 유년시대에서 청년기의 여러 가지 경험하는 도정을 제이콥 자신이 아니고 제이콥의 존재로 흔들리는 공기로 가득 찬 제이콥의 방으로 인하여 암시하려고 하였으나 결과는 성공하지 않았다.

그러나 그 후의 『댈러웨이 부인』(1925)과 『등대로』(1927) 이것으로 인하여 울프는 그 유연한 형식을 연마할 수가 있었다. (중략)

울프의 유수와 같이 아름다운 그리고 투명하고 서정적인 스타일은 결국 『등대로』에서 완벽에 달하였다고 볼 수가 있었다,

특히 '시일은 지나간다'의 1장은 20세기 영문학 중에서도 드문 아름다운 산문이다, 그것과 『등대로』의 청려함은 전면에 넘치는 플라토닉한 이념에서 동경이라고 할까 청명한 정신에 인한 것이 많을 것이다.

그러한 의미에서 『등대로』는 울프 문학의 최고봉이라 할 수 있다.

(중략)

그중 가장 흥미 깊은 것은 『자기 하나만의 방』(1929)이며 여기서는 영국의 과거에 있어서의 여류 작가의 고뇌를 설명하고 부인이 좋은 소설을 쓰기 위해서는 최소한의 생활비와 자기가 전유할 수 있는 방이 보증되어야만 한다라고 말하고 있다.

울프는 제1차 대전 후의 새로운 지각을 가진 여성의 대표적인 일인이다.

그리고 그가 『3기니』(1938)를 쓰고 남성이 일으키는 전쟁에 어찌하여 여성이 참가하여야 하는가, 항의하였음에도 불구하고 제2차 대전은 일어났다.

런던은 밤낮 공습을 받고 섬세한 그의 신경은 그것에 이길 수가 없었는지 1941년 템스 강에 투신하여 버렸다.

– 『여성계』(1954.11)

위의 내용에서 확인할 수 있듯이 박인환 시인은 울프의 작품을 거의 대부분 섭렵한 것으로 여겨지며, 버지니아 울프가 「목마와 숙녀」에서 반복되어 나오는 것은 단순하게 분위기만 끌어내는 목적이 아니라 더 깊은 의미를 담고 있다고 보아야 한다.

늙은 여류작가의 눈을 바라다보아야 한다

······ 등대에 ······

　여기에서 늙은 여류작가의 눈을 본다는 것은 결국 그녀의 마음
이나 뜻을 읽는다는 의미일 것이지만 이미 울프는 죽었으므로 그
녀의 작품을 읽어보라는 의미로 해석할 수 있다. 더구나 박인환 시
인은 이미 『등대로』가 울프의 문학작품 중에서 최고봉이라고 소
개하는 글까지 기고하지 않았는가. 잠시 『등대로』의 내용에 대한
번역자의 해설을 보자.

　　　『등대로』는 그림 같은 소설이다. 1부 「창」은 스코틀랜
　　　드 해안에 있는 스카이 섬의 별장을 배경으로 램지 가
　　　족이 친지들과 휴가를 보내는 9월 어느 오후의 정경을
　　　그려 낸다. 1부와 3부는 비교적 길고 상세히 묘사된 반
　　　면 십여 년의 세월을 담은 2부는 매우 짧은 지면에 시
　　　적이고 암시적인 서술로 풍경화 한 폭을 그려 낸다.
　　　이처럼 수채화 세 폭을 연상시키는 이 소설은 그림들이
　　　본디 그렇듯 의미를 명시하지 않고, 여러 인물들의 의
　　　식과 생각, 대화가 어우러진 장면을 보여 줄 뿐이다.
　　　- 이미애 역, 「등대로」 작품해설

　그렇다면 박인환 시인은 『등대로』를 소개하며 무엇을 말하려

했던 것일까? 그것은 『등대로』가 시를 이해하는 데 중요한 의미를 갖거나, 울프의 문학세계 전반에 관심을 가져달라는 의미에서 대표작을 상징적으로 언급했을 가능성이 높다. 『등대로』의 등장인물 중에는 '릴리 브리스코'라는 여류화가가 있는데, 이 여류화가는 램지 씨 집과 등장인물, 주변의 풍경을 한 장의 그림으로 표현하려는 인물로 나온다.

뱅크스 씨는 주머니칼을 꺼내서 뼈로 만든 칼 손잡이로 캔버스를 톡톡 두드렸다. '바로 저기' 보라색 삼각형으로 나타내려는 게 무엇이오? 그가 물었다. 제임스에게 책을 읽어 주는 램지 부인이에요. 그녀가 대답했다. 그녀는 그가 이의를 제기하리라는 것을 알았다. 어느 누구도 그것을 인간의 형체로 볼 수 없다는 것을. 하지만 저는 유사하게 그리려고 한 게 아니에요. 그녀가 말했다. 그렇다면 무엇 때문에 그들을 그림에 넣었소? 그가 물었다.

(중략)

뭔가 설명을 들을 수 있으면 좋겠소. 당신이 그것으로 무엇을 이루고자 했는지 말이오. 이어서 그는 그들 앞에 펼쳐진 풍경을 가리켰다. 그녀는 바라보았다. 손에 붓을 들지 않고는 자신이 그것으로 무엇을 만들어 내려 했는지 그에게 보여 줄 수 없었고, 그녀 자신도 알 수 없었다.

(중략)

하지만 이 그림을 다른 사람이 본 것이다. 그림은 이미 그녀에게서 떠난 것이다. 이 남자는 그녀와 깊은 교감을 나눈 것이다.

– 이미애 역, 「버지니아 울프」, 『등대로』

'릴리 브리스코'의 그림을 이해 못 하는 '뱅크스'와 박인환의 '난해시'를 읽는 독자와는 공통점이 있는 것 같다. 또한 '릴리 브리스코'가 손에 붓을 들지 않고는 그에게 보여 줄 수 없다고 생각하는 부분에서 시로 말하는 박인환과 유사한 면이 느껴진다.

혹시 박인환 시인은 울프의 작품 중에서 최고봉이라고 표현한 『등대로』를 읽을 때 '릴리 브리스코'가 자기만의 그림으로 표현하려고 했던 것처럼 시를 독창적인 방식으로 표현할 생각을 해보지는 않았을까?

울프의 작품을 읽으면서 「목마와 숙녀」에서 『등대로』는 과연 어떤 의미를 가지고 있나? 하는 의문을 오래 가지고 있었다. 버지니아 울프는 반전주의자, 페미니스트, 동성애자, 모더니스트로서 다양한 관점에서 생각해 볼 수 있지만 『등대로』에 국한해서 생각하면 막연할 뿐이었다. 게다가 울프의 글도 박인환의 시처럼 쉽게 읽히지가 않았다. 처음에 램지 부인이 주인공인가 생각하며 읽는데 갑자기 죽어버리고, 등장인물 각자의 입장에서 심리묘사가 이루어지는 독특한 울프의 문학적 특성을 모르고서 하나의 주제를 읽어내 「목마와 숙녀」와의 연결고리를 찾으려던 나의 노력은 파도치는 바다에서 한참을 표류해야만 했다.

『등대로』의 마지막 부분은 램지 씨 가족이 배를 타고 등대를 향해서 가고, 등대에 도착할 즈음에 '릴리 브리스코'는 그림을 완성하며 작품이 마무리 된다.

> 그녀는 캔버스를 보았다. 흐릿했다. 갑자기 강렬하게, 마치 찰나의 순간 그것이 선명히 보인 듯이, 그녀는 그 한가운데 선을 하나 그었다. 완성했어. 끝났어. 그래, 그녀는 극도의 피로감이 밀려오는 가운데 붓을 내려놓으며 생각했다. 이제 그것을 보았어.
>
> – 이미애 역, 「버지니아 울프」, 『등대로』

등대는 「목마와 숙녀」에서 독특한 형태로 표현됐다. 말줄임표가 앞과 뒤에 존재하며, 시의 중심부에 위치해 있다. '…… 등대 ……' 마치 바다 한가운데 있는 섬에 위치한 등대 주변의 잔물결을 표현하고 그 가운데 등대가 자리하여 시를 읽는 독자들에게 수평선 멀리 보이는 '등대섬'의 이미지를 연상시키는 아름다운 부분이다. 작품 『등대로』에 나오는 등대도 섬에 있는 등대이다.

그러면 시인은 단지 울프의 작품을 읽게 하려고 아름다운 등대의 이미지를 등장시켰을까? 또 다른 이유는 없을까? 뒤에 다시 다루기로 하자.

　다음은 버지니아 울프의 서러운 이야기를 들을 차례이다. 울프는 자전적인 소설 외에 60세의 나이로 템스 강에서 자살하기 전에 남긴 유서에 그녀의 가슴 아픈 이야기를 남겼다.

　　　흐르는 저 강물을 바라보며
　　　당신의 이름을 목 놓아 불러봅니다
　　　레너드 울프,
　　　제 처녀 때의 이름 버지니아 스티븐이
　　　당신과 결혼하면서 버지니아 울프가 된 것을
　　　저는 한 번도 후회해본 적이 없습니다.
　　　제 나이 예순
　　　인생의 황혼기긴 하지만
　　　아직 더 많은 일을 할 수 있는 나이에 스스로 생을 마감
　　　할 생각입니다.
　　　제 자살이 성공한다면
　　　세상 사람들은 우리 부부 사이에 무슨 문제가 있었을
　　　거라고
　　　입방아를 찧을지도 모르겠어요,
　　　아이도 없는 터에 남편의 이해부족.
　　　애정결핍 등 이런저런 애기가 나올까 솔직히 두렵습니다.
　　　이 유서는

당신이 엉뚱한 구설수에 휩싸이지 않기를
바라는 마음에서 쓰는 것이랍니다.
1912년 결혼한 이래
30년 동안 제가 진정으로 사랑하였고,
저를 진정으로 아껴주었던 레너드,
그 동안 차마 애기하지 못했던
제 생애의 비밀을 이 유서에서 당신께 말하려 합니다.

저의 아버지 레슬리 스티븐은
첫 번째 아내가 정신질환에 시달리다 죽자
변호사 허버트 덕워스의 미망인 줄리아와 재혼합니다.
속된 말로 홀아비와 과부의 결혼이었던 거지요.
제 어머니 줄리아는 이미 네 명의 자식이 있었고,
아버지는 전처소생의 딸이 하나 있었습니다.
재혼한 두 사람 사이에서 오빠 토비와 언니 바네사,
저 그리고 동생 애드리안이 줄줄이 태어났지요.
그리 넓지도 않은 집에서
아홉 아이와 두 어른이
아옹다옹하며 살아가게 된 것입니다.

어머니는 봉사정신이 무척 강한 분이었습니다.
가난한 사람들 병구완하러 다니느라

정작 집에 있는 아이들은 제대로 보살피지 못하셨지요.
큰애가 작은애를 알아서 잘 돌보겠지 하고 낙관적으로
생각하셨지만
실상은 전혀 그렇지 못했습니다.
제 생애의 불행은 여섯 살 때부터 시작됩니다.
큰 의붓오빠인 제럴드 덕워스가
어머니 없는 틈을 타 저한테 못된 짓을 하는 것이었어요.
자기와는 신체구조가 다른 저를 세밀히 관찰하고 만지고
그 시절부터
저는 몸에 대한 혐오감과 수치심을 갖게 되었습니다.
나아가 성에 관련된 것이라면
무조건 배격하는 마음도 갖게 되었지요.

불행은 설상가상으로 몰아닥쳤죠.
어머니는 이웃사람을 간병하다 그만 전염이 되어
제가 열세 살 되던 해에 돌아가셨습니다.
저를 잘 대해주던 이복언니 스텔라도 2년 뒤에 죽었는데
바로 그때 아버지마저 암에 걸려 몸져눕고 말았습니다.
저와 언니 바네사가 신경질이 나날이 심해지시는
아버지의 병간호를 맡아서 하는 것이야 뭐
그래도 힘든 일이라 생각하지 않고 감당할 수 있었습니다.
그런데 이번에는 사춘기를 막 넘긴 작은 의붓오빠 조지

덕워스가

저한테 갖은 못된 짓을 하는 것이었어요.

그렇지 않아도 의지할 데 없어 심리적으로 불안했던 저는

무방비 상태에서

그런 일을 수시로 당하고는

거의 미칠 지경이 되었습니다.

그 당시

집에 책이 없었더라면 전 어떻게 되었을까요?

아버지의 전처처럼 죽지 않았을까요?

아버지는 총65권에 달하는 대영전기사전의 책임집필

자여서

집에 책이 엄청나게 많았고,

저는 현실의 불행에서 도피하기 위해 책에 파묻혀 지냈

습니다.

저는 당신과 결혼하기 전까지만 해도

사람들 앞에 나서는 것을 너무나 무서워했고,

사춘기 시절부터 정신과 치료를 받아야 했습니다.

당신이 청혼했을 때

저는 두 가지를 요구했습니다.

보통 사람 같은 부부생활을 하지 않겠다는 것과

작가의 길을 가려는 나를 위해 공무원 생활을 포기해달

라는 것.

세상에

이런 요구를 하는 여자에게

자신의 성적 욕망을 버리고

사회적 지위를 팽개치고 오겠다는 사람은

레너드, 당신 이외엔 없을 거예요.

제가 고통스런 과거를 끊임없이 반추하며

작품을 쓰는 동안 당신은 출판사를 차려

묵묵히 제 후원자 노릇을 해주셨지요.

저는

지난 30년 동안

남성 중심의 이 사회와 부단히 싸웠습니다.

오로지 글로써,

유럽이 세계대전의 회오리바람 속으로 빨려들 때

모든 남성이 전쟁을 옹호하였고,

당신마저도 참전론자가 되었죠.

저는 생명을 잉태해본 적은 없지만

모성의 부드러움으로 이 전쟁에 반대했습니다.

지금

온 세계가 전쟁을 하고 있습니다.

제 작가로서의 역할은

여기서 중단되어야 할 것입니다.

추행과 폭력이 없는 세상,

성차별이 없는 세상에 대한 꿈을 간직한 채

저는

지금 저 강물을 바라보고 있습니다.

- 버지니아 울프 유서(1941), 우석훈, 『아픈 아이들의 세대』

　위의 글에서 보았듯이 버지니아 울프는 어렸을 때 겪었던 반복된 이복오빠들의 성추행으로 정신질환을 앓기도 했다. 결국 정상적인 결혼생활을 하지 못하는 힘든 상황에까지 이르렀지만 어려움 속에서도 그녀는 여성의 권익을 확장시키기 위한 글을 많이 썼으며 전쟁을 반대하는 입장도 명확하게 밝히며 페미니스트, 반전주의자로 활동하였다. 오빠 토비는 옥스퍼드대학을 다녔지만 울프는 집에 있던 책을 읽으며 독학을 했다. 유서에서 글로써 남성중심의 사회와 부단히 싸웠다고 밝혔지만, 교육의 기회를 박탈당한 여성이 글을 쓰며 사회에 저항한다는 것은 당시엔 대단히 힘든 일이었다. 민주주의를 시작했고 성숙시켰다는 서구에서도 여성 참정권은 1차 세계대전 이후, 2차 세계대전을 전후로 겨우 보장되기 시작했다. 영국에서도 여성의 참정권은 과격하고 폭력적인 시위까지 치달은 후에야 얻어졌음을 감안하면 버지니아 울프의 활약은 당시 여성들에게 많은 희망을 주었을 것이다.

　남성 중심의 봉건적 사고가 팽배했고 결혼은 대부분 중매나 어른들의 결정으로 이루어졌던 1950년대 대한민국 여성의 지위는 어떠했을까? 그리고 전쟁의 상처가 아물기도 전에 발표된 「목마와 숙녀」에 '버지니아 울프'가 반복적으로 나오고 '서러운 이야기'까지 구체적으로 언급되는 것은 어떠한 의미를 갖는 것인가?

　많은 사람들이 「목마와 숙녀」를 낭만적인 서정시로만 이해하고 있으며 그렇게 보아도 한 편의 아름다운 시임에는 틀림없지만, 지금까지 한쪽 면만 단순하게 보았기 때문에 시의 흐름을 이해하기 어려워 미궁 속으로 빠지게 됐던 것이다. 「목마와 숙녀」는 술과 버지니아 울프가 반복적으로 등장하며 시의 흐름을 장악하고 있다는 것을 염두에 두고 보아야 비로소 시인이 말하고자 하는 의도에 다가설 수 있다. 다시 말해서 「목마와 숙녀」는 겉으로는 낭만적인 언어를 많이 사용하며 서정시의 분위기를 풍기지만, 내면적으로는 당시 사회에 대한 강한 메시지를 담고 있다.

　1장에서 언급되었던 '두 개의 바위틈을 지나 청춘을 찾은 뱀과 같이 눈을 뜨고'의 의미를 자세히 살펴보면 성적인 의미와 또 다른 뜻이 숨어있음을 알 수 있다. 버지니아 울프가 어렸을 때의 상처를 성인이 되어서도 극복하지 못하고 결국 나중에 유서에서 밝혔던 것처럼, 남성 중심의 사회는 여성을 강하게 억압했고 특히 여성에게만 성적으로 정조관념을 강요하여 피해자가 오히려 이중 삼중의 고통을 당하게 만들었다. 목마를 탄 숙녀가 등장하는 이유도

• 헨리 푸젤리 '악몽' 1790년

바로 어린 시절의 기억에 묶인 '버지니아 울프'의 아픔을 상징하고 있으며 성적인 묘사를 하는 뱀은 울프가 겪은 '서러운 이야기'의 시작점이다. 목마는 통상 어린이들이 가지고 노는 장난감 말이며 이것을 성인이 가지고 노는 것은 잘 어울리지 않는다. 목마 위에 숙녀가 앉아 있는 것은, 과거의 고통에서 벗어나지 못하고 결국 죽을 때까지 함께 했던 울프의 어린 시절의 고통을 상징하고 있다.

그렇다면 뱀은 성적인 이미지를 주는 외에 또 어떤 의미를 담고 있는 것인가? 뱀은 탈피를 하며 성장하는 동물이다. 즉 허물을 벗으며 성장하는 동물이며, 허물을 벗는 시기에는 허물이 눈을 가리거나 잘 벗겨지지 않고 걸리적거리는 동안에 탈피동물을 위험에 빠트리기도 한다. 그러나 허물을 벗어버리는 순간 뱀은 아동기에서 성장하여 순식간에 청년기에 이르는 것이다. 뱀이 두 개의 바위틈을 지나는 모습을 상상하면 얼마나 효과적으로 허물을 벗어버릴 수 있는지 이해가 될 것이다. 바로 두 개의 바위틈을 지나는 뱀은 아주 현명한 뱀인 것이다. 과거에 뱀이 많았던 시골에서는 바위틈에 뱀이 허물을 벗어놓은 광경을 자주 볼 수가 있었지만 지금은 흔히 보기가 어려워 안타까운 마음이다. 두 개의 바위틈을 지나 청춘을 찾은 뱀을 성적으로만 이해하는 것에 머물지 말고 현명한 눈으로 다시 한 번 직시하라는 뜻으로 '눈을 뜨고' 술을 마시라는 주문을 하고 있으며, '뱀'은 중의적 의미를 갖고 있다. 즉 성적인 의미, 그것을 넘어서는 현명한 시각, 두 가지를 상징하는 것이다.

박인환 시인을 「세월이 가면」을 쓴 서정시인 정도로 아는 사람에게 전혀 다른 느낌의 시를 소개하겠다.

동양의 오케스트라

7) 가믈란(Gamelan)은 인도네시아에
존재하는 음악 합주 형태 또는 그 악
기들을 말한다. 일반적으로 발리, 자
바 섬에서 쓰는 것으로, 철금, 실로
폰, 북, 징 등의 다양한 악기를 포함
한다.

가믈란[7]의 반주악이 들려온다

오 약소민족

우리와 같은 식민지의 인도네시아

삼백 년 동안 너의 자원은

구미 자본주의 국가에 빼앗기고

반면 비참한 희생을 받지 않으면

구라파의 반이나 되는 넓은 땅에서

살 수 없게 되었다 그러는 사이

가믈란은 미칠 듯이 울었다

홀란드의 오십팔 배나 되는 면적에

홀란드인은 조금도 갖지 않은 슬픔을

밀림처럼 지니고

칠천 칠십삼만 인 중 한 사람도

빛나는 남십자성은 쳐다보지도 못하며 살아왔다

수도 족자카르타

상업항 스라바야

고원 분지의 중심지 반둥의 시민이여

너희들의 습성이 용서하지 않는

남을 때리지 못하는 것은

회교 정신에서 온 것만이 아니라
동인도회사가 붕괴한 다음
홀란드의 식민 정책 밑에
모든 힘까지 빼앗긴 것이다

사나이는 일할 곳이 없었다 그러므로
약한 여자들이 백인 아래 눈물 흘렸다.
수만의 혼혈아는
살길을 잃어 아비를 찾았으나
스라바야를 떠나는 상선은
벌써 기적을 울렸다

홀란드인은 포르투갈이나 스페인처럼
사원을 만들지 않았다
영국인처럼 은행도 세우지 않았다
토인은 저축심이 없을 뿐만 아니라
저축할 여유란 도무지 없었다
홀란드인은 옛날처럼 도로를 닦고
아시아의 창고에서 임자 없는 사이
자원을 본국으로 끌고만 갔다

주거와 의식은 최저도

노예적 지위는 더욱 심하고
옛과 같은 창조적 혈액은 완전히 부패하였으나
인도네시아 인민이여
생의 영광은 홀란드의 소유만이 아니다

마땅히 요구할 수 있는 인민의 해방
세워야 할 늬들의 나라
인도네시아 공화국은 성립하였다 그런데
연립 임시정부란 또다시 박해다
지배권을 회복하려는 모략을 부숴라
이제는 식민지의 고아가 되면 못쓴다
전 인민은 일치단결하여 스콜처럼 부서져라
국가방위와 인민 전선을 위해 피를 뿌려라
삼백 년 동안 받아 온
눈물겨운 박해의 반응으로
너의 조상이 남겨 놓은
야자나무의 노래를 부르며
홀란드군의 기관총 진지에 뛰어들어라

제국주의의 야만적 제재는
너희뿐만 아니라 우리의 모욕
힘 있는 대로 영웅 되어 싸워라

자유와 자기 보존을 위해서만이 아니고
야욕과 폭압과 비민주적인
식민 정책을
지구에서 부숴 내기 위해
반항하는 인도네시아 인민이여
최후의 한 사람까지 싸워라

참혹한 몇 달이 지나면
피 흘린 자바 섬에는
붉은 칸나의 꽃이 피려니
죽음의 보람이 남해의 태양처럼
조선에 사는 우리에게도 비치려니
해류가 부딪치는 모든 육지에선
거룩한 인도네시아 인민의
내일을 축복하리라

사랑하는 인도네시아 인민이여
고대문화 대유적 보로부두르의 밤
평화를 울리는 종소리와 함께
가믈란에 맞추어 스림피[8]로
새로운 나라를 맞이하여라

    - 「인도네시아 인민에게 주는 시」, 『신천지』(1948.2)

8) 스림피(Srimpi)는 인도네시아 전통 무용이다.

이 시는 1945년 해방 후에 미국과 소련에 의해 남과 북으로 갈리어 엄청난 격동기를 보내던 박인환 시인의 20대 초반 시절에 쓴 시라서 메시지가 강렬하고 젊은이의 힘이 느껴진다. 또한 상해 임시정부가 인정받지 못하고 오히려 박해를 받던 해방 후의 대한민국 상황에 인도네시아의 상황을 빗대어 현실의 강한 외침을 담은 시로 보인다. 「세월이 가면」, 「목마와 숙녀」에서 느껴지는 분위기와 너무나 다르다는 것은 굳이 더 설명할 필요가 없을 것이다.

박인환 시인은 1949년에 김경린, 김수영, 임호권, 양병식과 함께 5인 합동 시집 『새로운 도시와 시민들의 합창』을 발간하고 여기에 인천항, 남풍, 인도네시아 인민에게 주는 시 등의 참여시를 발표했다. 또한 1949년 7월 16일 국가보안법 위반 혐의로 내무부 치안국에 체포됐다가 석방되기도 하였다.(엄동섭·염철 엮음, 『박인환 문학전집』1, 「작가연보」참조)

그러나 막상 박인환 시인을 참여시인이라고 규정하기엔 논란이 있을 것이다. 「인도네시아 인민에게 주는 시」처럼 힘 있는 시가 적고, 참여시임에는 분명하지만 조금 어렵게 쓰는 박인환 시인 특유의 색채가 들어가서 그런지 여러 비판의 목소리도 있다. 특히 김수영 시인이 「참여시의 정리-1960년대의 시인을 중심으로-」라는 제목으로 1967년에 발표한 글에서 유치환 시인과 박인환 시인의 시를 비교하며 쓴 글이 있다.

유치환의 이 「칼을 갈라」라는 시가 이승만 시대의 말

기에 동아일보에 발표되었을 때 일반 독자는 이것을 저항시로 받아들였고, 시단에서도 그런 이 시의 반향에 동정적인 침묵을 지키고 있었다. 1950년대는 시단의 조류로 보면 '후반기' 모더니즘의 일파들이 창궐을 극하던 때다. 1955년에 박인환의 『선시집』이 나왔고, 이듬해 그가 죽고 난 뒤에도 김규동 등이 그의 뒤를 이어 4·19 전까지 잔광을 유지해 왔다. 그러나 후반기 모더니즘파 중에서는 「칼을 갈라」만한 뼈 있는 시도 나오지 못했다. 「자본가에게」라는 박인환의 시가 있지만, 그리고 이것은 「칼을 갈라」보다 훨씬 전에 쓴 것 같은데, 그 당시 이것이 어디에 발표되었던가조차도 지금은 기억할 수 없을 만큼 반향도 희미했고, 작품 자체도 인환—류의 낙서 같은 것이다.

그러므로 자본가여
새삼스럽게 문명을 말하지 말라
정신과 함께 태양이 도시를 떠난 오늘
허물어진 인간의 광장에는
비둘기 떼의 시체가 흩어져 있었다.

이런 상식을 결한 비이성적인 그의 시가 청마의 침착한 이성과 논리 앞에 어떻게 맥을 출 수 있었겠는가. 그것

은 청마의 시인의로서의 중량의 우위에서 오는 것만도
아니고, 시단의 전반적인 고루와 후진성에 연유하는 것
만도 아니었다. 책임은 오로지 인환의 시 그 자체에 있
었다고 보아야 할 것이다. 당시의 시단은 인환의 시의
이성을 부인한 스타일을 엄청나게 '새로운' 것으로 받
아들였고, 「자본가에게」란 시만 하더라도 '자본가'라는
선동적인 어휘 이외에는 아무런 골자도 없는 시를 저항
시 비슷하게 받아들였다. 이것은 인환의 시뿐만 아니라
당시의 모든 모더니즘을 자처하는 시들이 다 그랬다.

    – 「참여시의 정리」, 『김수영 전집』

    김수영 시인의 비평에서 나온 것처럼 인환—류의 참여시라고
불릴 만큼 박인환의 참여시는 특색이 있는 것으로 보이며 이것을
이해하는 것은 박인환 시인의 시를 읽을 때 많은 도움을 준다. 박
인환 시인의 또 다른 참여시 「인천항」이 있다.

9) 향항은 홍콩을 뜻한다.

사진 잡지에서 본 향항[9] 야경을 기억하고 있다
그리고 중일전쟁 때
상해 부두를 슬퍼했다

서울에서 삼십 킬로를 떨어진 곳에
모든 해안선과 공통되어 있는

인천항이 있다

가난한 조선의 프로필을
여실히 표현한 인천 항구에는
상관도 없고
영사관도 없다

따뜻한 황해의 바람이
생활의 도움이 되고자
냅킨 같은 만내에 뛰어들었다

해외에서 동포들이 고국을 찾아들 때
그들이 처음 상륙한 곳이
인천 항구이다.

그러나 날이 갈수록
은주와 아편과 호콩이 밀선에 실려 오고
태평양을 건너 무역풍을 탄 칠면조가
인천항으로 나침을 돌렸다.

서울에서 모여든 모리배는
중국서 온 헐벗은 동포의 보따리같이

화폐의 큰 뭉치를 등지고
황혼의 부두를 방황했다

밤이 가까울수록
성조기가 퍼덕이는 숙사와
주둔소의 네온사인은 붉고
정크¹⁰⁾의 불빛은 푸르며
마치 유니언잭이 날리던
식민지 향항의 야경을 닮아 간다

조선의 해항 인천의 부두가
중일전쟁 때 일본이 지배했던
상해의 밤을 소리 없이 닮아 간다

– 「인천항」, 『신조선』(1947)

처음에는 「인천항」을 읽고 시의 의미를 바로 이해하지 못하다가 여러 번을 반복해 읽은 후에야 의미를 이해하게 되었다. 청나라, 일본, 미국 등의 강대국의 변화에 휘둘려 식민통치를 받던 약소국의 아픔을 인천항을 배경으로 시인이 사진으로 보았던 홍콩의 야경을 등장시켜 시로 표현한 것이리라. 박인환 시인은 과거 쇄국주의 정책이 문제가 많았다고 생각했던지 국제적인 안목을 가지고 일제 강점기와 당시의 문제점을 여러 편의 시로 표현했다. 대개 참여시는 읽음과 동시에 느낌이 전해지는 경우가 대부분이지만, 나는 박인환 시인의 참여시를 대체로 얼른 이해하지 못했다. 김수영 시인의 비평 속에는 외래어를 많이 사용하며 시를 어렵게 쓰는 점 등이 포함된 것이리라 짐작한다.

「목마와 숙녀」에 대해서 글을 쓰겠다고 마음먹고 난 후, 친한 사람을 만나면 항상 한 번쯤은 화제를 「목마와 숙녀」로 돌리고 다양한 이야기를 나누었다. 이제 그만 좀 하라는 소리를 하면서도 그들 또한 관심을 가지고 「목마와 숙녀」를 다시 읽고 박인환 시인을 찾아보았던 모양이다. 다시 만나면 자기의 생각을 나에게 이야기하거나 묻기도 하면서, 술자리는 자못 진지한 분위기가 종종 만들어졌다. 한 친구는 나에게 「목마와 숙녀」의 전체적인 분위기가 마음에 들지 않는다면서도 자세히 읽어보았는지, '두 개의 바위틈을 지나 청춘을 찾은 뱀과 같이'에서 뱀을 성적인 의미보다 두 개의 벽을 통과하는 즉, 두 이념의 충돌로 전쟁이 일어나고 두 개의 거대한 벽 사이에서 사람들이 고통받은 시대적인 상황과 연관을 지어서 이해하고 싶다는 견해를 피력했다. 아! 그렇게도 생각할 수 있겠구나 싶었다. 이 의견에 공감을 표하는 사람도 있겠지만 「목마와 숙녀」에서 구체적으로 전쟁을 언급하지 않고 있고, 다른 시에서도 전쟁을 반대하는 적극적 견해보다는 전쟁의 허무나 아픔을 표현하고 있으므로, 이 의견에 공감하지 못하는 견해도 충분히 있을 것이다.

이렇듯 전쟁을 명시적으로 반대한 시라고 말하기 모호한 것은, 「목마와 숙녀」가 실린 『박인환 선시집』이 시인이 30세가 되던 1955년에 발간되었다는 시대상황을 고려한다면 충분히 이해되는 측면이 있다. 그때는 북진통일을 외치던 시대였으니 전쟁을 반대하며 평화를 외치는 것은 극히 어려운 일이었다. 실제로 한국의 '국가보안법의 역사'를 보면 1958년 진보당에서 주장했던 '평화통일'은 국가보안법 위반혐의로 기소되었고, 1959년 진보당 당수 조봉암 선생이 간첩죄로 처형되었다. (이 사건은 이후 2011년 대법원에서 무죄 선고를 받고 복권되었다.) 독일과 전쟁을 했던 버지니아 울프의 영국과 달리, 남과 북으로 나뉘어 동족끼리 전쟁을 했던 박인환의 한국에서 반전시를 쓰는 것은 무척 어려운 일이었을 것이다. 그래서 박인환 시인은 버지니아 울프를 등장시켜서 우회적인 표현을 했다고 생각한다.

그렇다면 박인환 시인의 글에서 전쟁에 대한 입장을 자세히 확인할 수 있는 다른 글은 없을까? 종군작가단의 일원으로 활동하며 기자생활을 했기에 전쟁에 대한 기사와 글은 다른 시인에 비해 많은 편에 속한다. 「짓밟힌 '민족 마음의 고향 서울' 수도 재탈환에 총궐기하자!」(마포 강변에서 본사 특파원 민재정·박성환·박인환 발, 『경향신문』, 1951.2.20)의 제목으로 실린 기사 등 전쟁 관련 기사와 글이 있지만 기자와 종군작가로서의 글을 가지고 평가하는 것은 무리가 있으므로 평상시의 글에서 찾는 것이 타당하겠다.

박인환 시인이 1955년 미국을 여행하고 쓴 「19일간의 아메리카」라는 기행문에서 '전쟁에 대해서'라는 소제목으로 비교적 자세히 다른 글이 있다.

만나는 사람마다 한국과 미국 사람은 '죽음의 친우'
라고까지 해서 나는 참으로 감격하고 말았다. 더욱
이 내가 간 워싱턴과 오리건 주는 태평양 연안인 관
계인지 몰라도 거의 대부분의 청년이 지난 번의 싸
움에 출정했었다. 현재 트럭 운전수가 된 R이라는
청년은 서울에서 온 나를 만난 것이 기쁘다고 함께
술을 나누었다. 그리고 돌아가면 'Young dong po'
에 사는 어떤 여자를 꼭 찾아가 지금도 사랑하고 있
다고 전해 달라는 것이다.

그는 한국에서 다시 전쟁이 일어나면, 다시 가게 되
고, 그 여자를 만날 수 있는데, 그러나 사실은 전쟁
은 싫다는 것이다. 만나는 사람마다 휴전이 되어 얼
마나 좋으냐고 물으나, 내가 우리나라의 통일은 북
진하는 길밖에는 없고, 전쟁만이 한국을 완전한 통
일된 나라로 만들 것이라고 하는 데는 쓴웃음을 질
뿐이다. 아메리카는 근래 수년간 몹시 물가가 앙등
되었다 한다. 그 원인은 한국전쟁 때문에 세금이 많
아진 까닭이라고 한다. 지극히 피상적인 생각 같으
나 사실일 것이다. 거기에 전쟁에 나간 청년은 많이
돌아오지 않았다. 그들 청년의 가족, 친척, 지기들

거의가 다 이곳 주민들이다. 다시 전쟁이 없으면 하
고 원하는 사람은 나와 만난 사람의 전부라고 해도
거짓말이 아니다.
한국인인 나와 그들 간의 의견의 오직 하나의 중대
한 차이는 전쟁에 관한 것뿐이었다.
– 「19일간의 아메리카」, 『조선일보』(1955.5.13~17)

위의 글에서 박인환 시인은 전쟁을 반대하는 미국인들의 생각
과는 다른 한국인인 '나'의 입장을 명백히 밝히고 있다. 이전의 시
에서 밝힌 전쟁에 대한 허무적이고 반대되는 입장과는 전혀 다른
내용을 천명하고 있는 것이다. 그러나 전체적인 글의 내용을 살펴
보면 미국이나 한국이나 다를 것이 없는 소시민의 입장에서의 전
쟁의 폐해를 그대로 적시하고 있으며, 비록 휴전상태이지만 준전
시 상태였을 1955년 신문에 기고한 글임을 감안하면 전쟁을 옹호
한 글이라고 단정하기는 쉽지 않다. 여기에 대한 판단은 글을 읽는
각각의 독자들 몫으로 돌린다.

울프에 비해 전쟁을 반대하는 점은 선명성이 확연히 떨어지지
만, 여성을 바라보는 시인의 시각은 그가 남긴 일화나 작품을 통해
서 보았을 때 좀 더 구체적이고 페미니스트로 불리기에 부족함이
없어 보인다. 그의 시를 보면 식민지배나 전쟁 때문에 고통받는 약
자들의 모습으로 여성을 등장시키며 연민을 불러일으키는 대목이
자주 나온다. 「인도네시아 인민에게 주는 시」에서는 '약한 여자들

이 백인 아래 눈물 흘렸다'고 하고, 「식민항의 밤」에서는 '은행 지
배인이 동반한 꽃 파는 소녀'가 등장하며 약소민족의 고통을 형상
화하고 있다. 그리고 전쟁의 아픔이 남아있는 서울에서의 삶을 표
현하는 데 있어서 소녀의 죽음이 나오는 시가 있으며 「목마와 숙
녀」의 소녀를 연상시키기도 한다.

가을은 내 마음에
유혹의 길을 가리킨다
숙녀들과 바람의 이야기를 하면
가을은 다정한 피리를 불면서
회상의 풍경을 지나가는 것이다,

전쟁이 길게 머무른 서울의 노대에서
나는 모딜리아니의 화첩을 뒤적거리며
정막한 하나의 생애의 한시름을
찾아보는 것이다
그러한 순간
가을은 청춘의 그림자처럼 또는
낙엽모양 나의 발목을 끌고
즐겁고 어두운 사념의 세계로 가는 것이다.

즐겁고 어두운 가을의 이야기를 할 때

목멘 소리로 나는 사랑의 말을 한다

그것은 폐원에 있던 벤치에 앉아

고갈된 분수를 바라보며

지금은 죽은 소녀의 팔목을 잡던 것과 같이

쓸쓸한 옛날의 일이며

여름은 느리고 인생은 가고

가을은 또다시 오는 것이다.

회색 양복과 목관 악기는 어울리지 않는다

그저 목을 늘어뜨리고

눈을 감으면

가을의 유혹은 나로 하여금 잊을 수 없는

사랑의 사람으로 한다

눈물 젖은 눈동자로 앞을 바라보면

인간이 매몰될 낙엽이

바람에 날려 나의 주변을 휘돌고 있다.

- 「가을의 유혹」, 『민주경찰』 43호(1954)

시에 나오는 모딜리아니(1884~1920)는 1차 세계대전이 끝나고 얼마 후 사망했으며 말년에 알코올 중독과 폐결핵으로 고생한 것으로 알려져 있다. 그가 죽은 후 자살한 연인 잔 에뷔테른은 그림

• 모딜리아니 '소녀의 초상' 1919년

의 모델로 자주 등장했으며, 그녀가 19살에 모딜리아니와 만나 사랑을 나누었다. 「가을의 유혹」에 가느다란 몸매의 우수에 젖은 여인 그림으로 유명한 모딜리아니를 등장시킨 것은 우연한 일이 아닐 터이고, 모델이기도 했던 연인의 안타까운 죽음을 모르고 시를 쓰지는 않았으리라.

전쟁이 오래 머무른 서울을 배경으로 '폐원에 있던 벤치에 앉아

고갈된 분수를 바라보며 지금은 죽은 소녀의 팔목을 잡던 것과 같이' 부분은 시인에게 소녀가 어떤 의미로 마음속에 자리하는지 알수 있게 해준다. 이처럼 박인환 시인의 시에는 소녀, 정원, 가을, 벤치, 숙녀 등의 부드러운 어휘가 많이 사용되어 서정 시인으로 인식되기 쉽지만, 많은 시가 전쟁이라는 시대적 상황을 배경으로 하고 있으며 특히 사회적 약자인 여성의 고통에 주목하고 있는 특성을 알아야 한다.

박인환 시인은 참여시를 많이 쓴 시인으로 알려져 있는 영국의 스티븐 스펜더를 좋아했으며, 그의 「특급열차(EXPRESS TRAIN)」를 술자리에서 자주 낭송했다. 스티븐 스펜더의 「특급열차」, 박인환 시인에게 많은 영향을 주었던 오장환 시인의 「THE LAST TRAIN」, 그리고 박인환 시인의 「열차」를 함께 읽어보는 것은, 독자들에게 새로운 느낌을 선사할 것으로 믿는다. 특히 오장환 시인의 「THE LAST TRAIN」을 읽으면 젊은 시기에 이 시를 읽었을 박인환 시인이 떠오르고, 또한 그가 받았을 감동을 생각하게 된다. 내 스스로도 자주 읽었고 지금도 술을 마시며 친구들 앞에서 가끔 낭송을 하는데, 박인환 시인은 얼마나 많이 '열차 시리즈(?)'를 술자리에 펼쳐 놓았을까?

이처럼 박인환 시인에게 영향을 끼쳤던 오장환 시인과 외국의 작가들이 사회 참여에 적극적이었던 점, 「목마와 숙녀」가 쓰였던 당시의 시대적 상황, 박인환 시인의 다른 시들에서 보이는 경향, 그리고 시에 등장하는 버지니아 울프의 삶을 전체적으로 바라보았을 때, 「목마와 숙녀」에 나오는 '소녀'를 단순히 낭만적인 의미로만 보기는 어렵다. 시인의 마음속에서는 「목마와 숙녀」의 '소녀'가 「가을의 유혹」에서 등장하는 '소녀'와 같은 존재일 수 있으며, 두 '소녀'는 전쟁의 아픔을 상징하며 이미 죽어있다는 공통점을 갖기도 한다.

물론 '소녀'에 대한 해석에 반론이 있을 수 있으며, 굳이 반박을 할 이유도 없다. 왜냐하면 시의 처음 부분에서 '한 잔의 술을 마시고 우리는 버지니아 울프의 생애와 목마를 타고 떠난 숙녀의 옷자락을 이야기한다'고 밝히며, '버지니아 울프'와 '숙녀'를 대비시키고 있기 때문이다. 버지니아 울프의 생애에 대해서는 이미 많은 자료가 제공되어 있으며 그녀의 작품을 통해 이해할 수 있으나, 목마를 탄 '숙녀'에 대해서는 박인환 시인이 말하지 않으면 우리는 실체에 접근하기 어렵다. 다만 버지니아 울프와 유사한 아픔을 지닌 어떤 사연이 있는 인물이라는 정도는 추정 가능하다. 즉 생애를 모두 이야기할 수 있는 버지니아 울프에 대비해서, '숙녀'에 대해서는 옷자락 정도의 이야기밖에 못 한다고 처음부터 명확한 선을 그어 놓은 것이다. 우리가 '숙녀'와 '소녀'에 대해 추정해보려면 여러 가지 상상력이 필요하다. 결국 받아들이는 입장에 따라 다양한 해석이 가능해지므로, 논란은 자연스러운 현상인 것이다. 결국 울프의 생애와 숙녀의 옷자락은 극적인 대비를 이루며 시의 맛을 배가시키고 있다. 따라서 목마를 판타지적인 이미지로 받아들이며 소녀를 '첫사랑'과 연관이 있을 것으로 상상하거나, 울프의 아픔이나 전쟁에서 죽은 소녀의 슬픔을 상징한다고 생각하거나 모두 가능하다. 「목마와 숙녀」가 오랫동안 많은 사랑을 받아왔던 것처럼, 독자들은 자기 나름대로 자유롭게 상상하면 될 것이다.

글을 읽는 독자들께 미리 밝혀둘 것은 버지니아 울프가 남긴 장문의 유서를 박인환 시인은 보지 못했을 가능성이 높다는 점이다. 박인환 시인이 여러 경로로 버지니아 울프의 아픔에 대해 어느 정도 알고 있었다는 점과는 별개의 이야기이다. 허마이오니 리가 울프에 관한 방대한 자료를 모아 1997년에 발표한 『버지니아 울프의 전기』(정명희 역, 책세상, 2001)에도 유서의 전문은 소개되지 않았다. 유서의 전문이 언제 어떻게 공개되었는지 정확하게 밝힐 수 없었던 것은 단지 나의 부족함과 게으름으로 빚어진 일임을 밝혀둔다. 그렇다면 박인환 시인이 울프의 아픔을 어떻게 알았을까? 허마이오니 리의 글의 일부를 소개한다.

그녀가 자신의 인생에 대해 쓴 이야기에서 조지의 행동은 두드러진다. 바넷사가 결혼한 뒤 조지의 "억제"가 "폭발한" 것 같다는 것과 그의 "달음박질치는 감정들의 바다"에 대해서 말하지만, 상세한 설명은 하지 않는다. 이 설명은 1921년과 1922년에 회고록 클럽을 위해서 쓴 두 편의 글에서 제공된다. 이 중 첫 번째 글인 「하이드 파크 게이트 22번지」에서 그녀는 조지와 함께 나갔다 온 뒤 어두운 자신의 방으로 들어온 일을 묘사한다. "'두

려워하지 마'. 조지가 속삭였다. 그리고 '불을 켜지 마, 아, 사랑스러운 이여.' 그리고 그는 내 침대에 자신을 던지고 나를 팔에 안았다." 켄싱턴과 벨그레이비어의 늙은 숙녀들은 조지 덕워스가 "그 불쌍한 스티븐 자매들에게 아버지와 어머니이자, 형제이며 자매일" 뿐만 아니라 "연인"이었다는 것을 결코 알지 못하리라고 그녀는 연설의 종결 부분에서 덧붙인다. 두 번째 글 「옛 블룸즈버리」에서 그녀는 조지가 "자신을 내 침대에 던져 나를 껴안고 키스하거나 포옹했다."는 묘사를 되풀이한다. 그리고 "후에" 그가 이 행동을 새비지 박사에게 "내 아버지의 치명적인 병"을 위로하기 위해서라고 설명했다는 상세한 설명을 덧붙인다.

이것은 저주스럽지만 확실한 것 같다. 특별히 버지니아가 1904년에 발병했을 때 바넷사가 새비지 박사에게 조지의 행동에 대해서 말했다는 두 번째 구절에 함축된 것이 그렇다. 새비지는 조지를 불러 설명하라고 말했다. 그러나 이런 회고들이 하이드 파크 게이트에서의 밤에 이루어진 위선적인 성행위와 비교해서 블룸즈버리의 검열되지 않은 솔직함을 축하하는 것이라 해도, 거기에는 무엇인가 결론짓기 힘든 것이 있다.

– 허마이오니 리 저, 정명희 역, 『버지니아 울프』, 「학대」편

죽음을 선택하기 이전에도 울프는 자신의 글이나 편지에서 성적 학대에 대해 언급한 내용이 많았기에, 유서의 전문이 공개되지 않은 상태에서도 그것은 이미 공공연한 비밀이었던 것으로 보인다. 울프가 사망하고 10년이 훨씬 지난 후에 박인환 시인이 울프를 소개한 글의 내용을 보면, 울프의 작품과 관계된 글을 거의 섭렵한 것으로 보인다. 따라서 '울프의 서러운 이야기'를 언급하면서 울프의 아픔을 몰랐을 거라고는 상상하기 어렵다. 다만 당시에 박인환 시인이 보았던 자료가 어떤 내용을 담고 있으며, 50년대에는 어느 정도 수준으로 국내에 소개되었는지에 대한 나의 연구가 부족함을 독자들에게 고백한다.

마리서사, 오장환

4
마
리
서
사
,
오
장
환

❋

　박인환 시인은 1926년 강원도 인제에서 태어났다. 인제공립보
통학교에 다니다 서울로 전학 와서 경기공립중학교에 입학하며
집안의 기대를 모았다. 오장환 시인의 '남만서방'을 출입하면서 문
학에 관심을 보였고, 당시 영화관을 몰래 출입하다 발각되어 경기
공립중학교를 자퇴하게 될 정도로 영화와는 인연이 깊다. 명신중
학교에 편입 후 평양의학전문학교에 입학하였으나 해방 후에 학
교를 그만 두고, 서울에서 '마리서사'라는 서점을 운영하며 문학에
전념하게 되는, 주변에서 쉽게 보기 어려운 이력을 가지고 있다.
'마리서사'라는 예쁜 이름은 어떻게 탄생했을까? 시인 안자이 휴
우에(安西冬衛, 1898~1965)의 시집 『군함마리(軍艦茉莉)』에서 따

왔다는 설과, 프랑스의 여류화가 마리 로랑생을 좋아했던 박인환 시인이 그녀의 이름을 빌어서 지었다는 설이 있다. 당시 '마리서사'에는 마리 로랑생의 그림이 있었고, 모더니즘 운동을 열심히 했던 시인은 외국의 초현실주의와 모더니즘 예술가들의 활동에 관심이 많았다고 한다.

스페인 화가 달리(Dali Salvador, 1904~1989), 프랑스 시인 콕토(Cocteau Jean, 1889~1968)의 모습을 한 몸에 지니고, 그 성격과 기행도 닮은 이 시인 박인환, 오든(Auden Wystan Hugh, 1907~1978)과 스펜더(Spender Stephen, 1909~1995)를 마치 종주처럼 늘 들먹거리던 시인 인환, 그리고 해방 후 젊은 시인들의 우두머리에 나선 시인 인환, 그것은 마치 프랑스의 시인 위고(Huge Victor Marie, 1802~1885)가 낭만파 시인들의 우두머리에 서서 깃발을 높이 들고 나선 것을 묘사한 만화를 연상하게 하는 시인 인환, 그는 일찍부터 우리 시단에서 그 재기환발한 발언과 사실 내용과는 동떨어진 과대망상과도 같은 기벽으로 사람들을 놀라게 한 시인이기도 하였다. 그래서 나는 그를 만나면 앙팡 테리블이라고 놀려 주곤 한 것을 기억한다. 그것은 일면 그 성품을 찬양하는 것이 되기도 하였다.

그를 생각하면 먼저 이러한 모습이 내 머릿속에 떠오르

· 마리 로랑생 'Spanish dancers' 1921년

는 것이다. 그도 이미 한 세대의 전설 속의 인간으로서, 많은 일화와 아쉬움을 남겨주고 젊은 나이에 어딘가로 사라져버렸다.

그가 좋아하던 시인 오든의 말처럼 아름다운 마음을 갖고 있는 시인들이 이 세상에 태어나게 된 것은 그 짧고도 짧은 일생 동안 그 친지들과 사회와 지구의 시민들을 위하여 자신의 생명의 불꽃을 깨뜨리지 않고, 그의 자그마한 일들을 끝마치고는 죽어 가는 것이다. 그리고 그러한 일들이 나중에 남은 사람들의 손에 넘겨져 가고 끝내는 잊혀져 가기 마련이라는 것을 알게 된다. 이러한 의미의 말은 시인 인환의 경우에도 그러할 수밖에 없다고 하겠다.

- 양병식, 「한국 모더니스트의 영광과 비참」

마리 로랑생은 1912년 첫 개인전을 열었는데, 이는 파리 화단에서 인정받는 계기가 되었고 이어 1920년 로마에서의 개인전으로 호평을 받으며 여류화가로서 성공을 거두었다. 흑인예술이나 페르시아 세밀화에 영향을 받아 자유로운 화풍 속에서도 여성 특유의 섬세함으로 표현하는 데 능하여 화단의 인기 작가의 한 사람으로 활약했다. 소박하고 유연한 표현력으로 파스텔 톤의 감미로운 색채 배합을 주로 하여 여성을 모델로 삼아 그림을 그렸는데 특히 독특한 성적 정체성을 표현하면서 마치 꿈꾸는 듯한 소녀 이미지

를 테마로 하여 환상적이고도 감상적인 작품을 많이 남겼다.(네이버 지식백과 참조)

또한 그녀는 박인환 시인이 좋아했던 장 콕토, 달리 등과 교류했으며 시인 기욤 아폴리네르(Guillaume Apollinaire, 1880~1918)와는 한때 연인 사이였다. 아폴리네르가 마리 로랑생과 이별 후 그녀를 그리며 남긴 명시 「미라보 다리」가 있다.

미라보 다리 아래 센 강이 흐르고
우리의 사랑도 흐르는데
나는 기억해야 하는가
기쁨은 늘 괴로움 뒤에 온다는 것을

밤이 오고 종은 울리고
세월은 가고 나는 남아 있네

서로의 손을 잡고 얼굴을 마주하고
우리들의 팔이 만든
다리 아래로
영원한 눈길에 지친 물결들 저리 흘러가는데

밤이 오고 종은 울리고
세월은 가고 나는 남아 있네

사랑이 가네 흐르는 강물처럼

사랑이 떠나가네

삶처럼 저리 느리게

희망처럼 저리 격렬하게

밤이 오고 종은 울리고

세월은 가고 나는 남아 있네

하루하루가 지나고 또 한 주일이 지나고

지나간 시간도

사랑도 돌아오지 않네

미라보 다리 아래 센 강이 흐르고

밤이 오고 종은 울리고

세월은 가고 나는 남아 있네

-「미라보 다리」, 『우리 가슴에 꽃핀 세계의 명시 2 - 아폴리네르』

아폴리네르의 「미라보 다리」와 박인환의 「세월이 가면」에서 무
언가 비슷한 느낌이 오지 않는가? 또 다른 시 「센티멘털 저니」에
도 비슷한 느낌이 있는 부분이 있다.

수목은 외롭다

혼자 길을 가는 여자와 같이

정다운 것은 죽고

다리 아래 강은 흐른다

–「센티멘털 저니」

　파리의 몽마르트를 그리워했던 박인환은, 달리, 장 콕토, 아폴리
네르, 마리 로랑생 등 다양한 문화 예술인이 어울려 자유롭고 전위
적인 예술을 구현하며, 서로에게 영감을 주고 교제도 하며, 아름답
고도 쌉싸름한 사랑의 이야기를 남기는 모습을 동경하면서, 더욱
그들에게 매료되었을 것이다.

　소설가 이봉구의 글에서, "우리들 청춘의 고독 때문에 명동 샹
송「세월이 가면」을 만들었다."는 박인환의 말을 기록한 내용을
보면 더욱 공감이 될 것이다. 특히 마리 로랑생의 소녀, 여인들의
그림을 보면「목마와 숙녀」에서 느껴지는 분위기와 묘한 동질감
이 느껴지기도 한다.

　일반적으로「세월이 가면」과「목마와 숙녀」를 박인환의 대표작
으로 인식하며, 낭만적이고 서정적인 시인으로 이해해온 면이 많
았다. 또한 서구적이고 도시적인 감각이어서 1950년대와는 맞지
않는다는 비판도 있어왔다. 그러나 그가 서구문학의 새로운 흐름
을 소개하려고 노력했고, 특히「세월이 가면」은 노래를 위해 만들
었다는 점을 간과한 것으로 보여 아쉬움이 크다.

　이러한 인식과는 별개로 박인환은「목마와 숙녀」를 쓸 당시의
어려운 시대적 환경에서도 감성을 잃지 않고 낭만적인 서정성을

부여하는 한편, 울프를 통해서 전쟁의 폐해와 성차별의 문제점을 섬세한 감성으로 짚어내며 사회에 깊은 울림을 주는 지식인의 통찰을 보여줬다. 박인환은 이처럼 다소 상반돼 보이는 두 가지 서로 다른 느낌을 자연스럽게 녹여내고자 노력했으며, 이것이 박인환 시의 특색이고, 「목마와 숙녀」가 더욱 매력적으로 다가오는 이유라고 생각한다.

박인환 시의 특징 중 하나는 다른 예술가의 이름, 작품 등이 자주 등장하며, 그들의 영향을 받은 것을 감추지 않고 자연스럽게 밝힌다는 것이다. 나아가 적극적으로 관심을 가져달라고 주문을 하는 듯하다. 그는 본인이 감명을 받거나 멋있는 표현을 접하면 시에 바로 응용하는 경우가 많았던지 이를 알려주는 일화가 있다.

박인환과 친했던 조병화 시인이 김기림 시인의 도움으로 처음 시집을 내고 박인환 시인 등을 소개받고 교류할 때의 일이다. 김병욱 시인이 술자리에서 조용히 조병화 시인에게 박인환과는 말을 조심하라고 했다는 것이다. 내용인즉, 박인환 앞에서 멋있는 말을 사용하면 금방 시에 그 말을 써먹어서 난처해진다는 것이다. 그러면서 덧붙이는 말이 언어에도 지문이 있는데 그러면 어떻게 하냐고 했다는 것이다. 그때 조병화 시인이 생각하기를, '역시 문학을 하는 사람들은 말 한마디 하더라도 신경을 쓰는 게 보통이 아니구나' 하는 생각을 하면서 술을 마셨다고 한다.

박인환 시인은 자신이 좋아하고 영향을 받았던 예술가들을 시, 산문, 영화평론 등의 글에서 다양하게 표출하는데, 유독 영향력에 비해 표현하지 않은 사람이 바로 오장환 시인이다. 그 이유는 오장환 시인이 월북한 작가라는 사실과 관계가 깊다. 오장환 시인이 월북하기 전에 운영하던 '남만서방'을 박인환 시인이 인수받았고, 많은 책을 소장하고 있던 박인환은 다양한 서적을 갖춘 '마리서사'를 운영하며 여러 문인들과 교류하는 토대를 만들 수 있었다. 이 이야기는 오랜 시간이 흐른 후에야 김규동 시인이 언급한 것으로 보인다. 그전에는 동료 문인의 글에서 오장환 시인과 관계된 언급을 찾기가 쉽지 않고, 있어도 스치듯 지나가버린다.

내가 해방된 다음에 해외에서 돌아와서 맨 먼저 김기림 씨를 찾았다. 여기에서 비로소 김광균, 설정식, 김병욱, 박인환 등의 시인을 알게 됐고, 그 당시 안국동에서 서점을 경영하고 있던 오장환을 박인환이 소개해 주어서 알게 되었다.

그 서점을 다니면서 오 씨와 친하게 되었고, 그의 새로 나온 시집 『병든 서울』을 받았고, 나중에는 귀중한 청대의 향로를 선사 받은 일도 기억된다. 오 씨는 그 후 아무런 예고도 없이 서점을 닫고 어디론지 사라져 버렸다.

그러던 중 얼마 후인지 잘 기억이 되지 않지만, 인환이는 종로에 마리서사라는 책점을 내었다. 그 서점 안에는 숱한 시서가 있었다. 내가 동경에서 대개 만져 보던 책들이 많았던 것으로 기억된다. 마치 외국 서점에

들어온 기분이었다. 기억에는 외국의 현대 시인의 시집 그것도 일본어로 번역된 것과 원서들로 메워져 있었다. 그 중에 지금 기억에 떠오르는 것은 앙드레 브루통(Andre Breton, 1899~1966)의 책과 폴 엘뤼아르(Paul Eluard, 1895~1952)의『처녀 수태』라는 호화판 시집이라든지, 마리 로랑생 시집, 콕토 시집 등이 있었다. 일본의 고오세이가쿠에서 나온『현대의 예술과 비평』이라는 총서가 거의 있었고, 하루야마 유키오가 편찬한『시와 시론』의 낙권된 질도 있었고, 일본의 유명한 시 잡지『오르페온』,『판테온』,『신영토』,『황지』 등도 있었고, 제일서방의『세르판』 월간 잡지 등도 있었다. 거의 자기의 장서를 내다 놓았다는 이야기였다. 얼마 후 일본에서도 유명했던 가마쿠라 문고라는 출판사에서 나온『세계문화』를 거의 갖고 있었다는 것은 그 당시로서는 놀랄 일이 아닐 수 없었다. 나는 이것을 얻으려고 무척 고역을 겪었으나 끝내 입수하지 못했던 것을 지금도 안타깝게 생각한다. 이 책이 최근 일본에서는 복각판이 나올 만큼 귀중한 자료가 되어 있을 정도다. 얼마 후 마리서사도 손해만 입고 문을 닫아버렸다.

- 양병식,「한국 모더니스트의 영광과 비참」

1930년대에 주목받던 이상, 오장환, 서정주 등 여러 시인 중에서,

아직도 오장환이라는 이름을 모르는 사람이 많다. 그 이유는 1988년 월북 작가에 대한 해금조치가 이루어질 때까지 그의 시를 읽는 것만으로도 죄가 되었기 때문이다.

오장환 시인과 자오선 동인 활동을 했던 김광균 시인이 1930년대를 회고한 글이 있다.

> 고흐의 「수차가 있는 가교」를 처음 보고 두 눈알이 빠지는 것 같은 감동을 느낀 것도 그 무렵이다. 그때 느낀 유럽 회화에 대한 놀라움은 지금도 생생하다. 세계미술전집을 구하며, 거기 침몰하는 듯하여 나는 급속히 회화의 바다에 표류하기 시작했다. 시집보다 화집이 책상 위에 쌓이기 시작하였고, 내 정신세계의 새로운 영양은 이렇게 해서 이루어진 것 같다.
>
> 얼마 안 가 오장환, 소설 쓰는 이봉구, 화가 김만형·최재덕과 고인이 된 이규상·신홍휴 등을 알게 되었고, 곧 이들과 술친구가 되어 거의 매일 싸구려 술을 마시며 주고받은 이야기의 주제는 시보다 그림이 더 많았던 것 같다.
>
> 회화와 시는 한 부대 속에 담겨, 유럽 여러 나라를 풍미하며 예술의 대표로 전진한다는 따위의 이야기가 매번 되풀이되는가 하면, 아폴리네르가 마리 로랑생을 일어로 '가다고이'(짝사랑)하다가 지쳐 쓴 시가 「미라보 다

리」라는 이야기를 파리에서 보고 온 사람같이 떠들어
댄 생각이 난다.

장환은 그때 가끔 동경 가서 초판의 호화판 시집을 수
집해 오는 것을 취미로 하고 또 한편 자랑으로 삼고, 다
방에 나올 때는 제일서방이 낸 혁장 시집 한 권을 옆에
끼고 재는 버릇이 있었다. 그는 또 시집을 사는 길에 서
울에서는 살 수도 볼 수도 없는 인상파 이후의 화집까
지 가끔 끼워오는 통에 그것을 "빌리자" "나도 안 본 것
을 재수없이 먼저 보자느냐"고 옥신각신한 끝에 술 한
턱을 받아먹은 후에야 보물처럼 내주었는데, 그 화집들
은 그때 우리 세계에서는 보물임에 틀림없었다.

장환이 중심이 되어 동인지 「자오선」을 시작하여 두
호를 내고 대신 후에 얼마 안 가 관훈동 지금 통문관 근
처에 남만서방이란 책 가게가 문을 열었다. 시집 전문
서점이라는 간판이었는데, 그 무렵 우리 시단에는 1년
에 시집이 한두 권 발간되는 것이 보통이고 어쩌다 3, 4
편 나오는 해가 풍년으로 치는 터이므로 시집의 대부분
은 동경서 사온 일본 문학 서적이나 시집으로 문을 여
는 날부터 번창하였다. 그러나 그날그날 책판 돈의 대
부분은 석양이면 자석에 끌리듯 모여드는 화가, 시인
또는 이런저런 사람들의 술값으로 무산되었다.

– 「30년대의 화가와 시인들」, 『김광균전집』

오장환과 김광균 등이 모더니즘을 표방하면서 파리의 시인과 화가의 교류에 관심을 가졌고, 아폴리네르와 마리 로랑생의 사랑에 깊은 흥미를 보였던 것은, 그들이 10대 후반 20대 초반의 한참 젊은 시절이었고 당시 자유연애가 쉽지 않았던 시대적 상황과 맞물려 있다.

오장환의 '남만서방'을 이어받아 '마리서사'라고 이름 짓고 운영하던 박인환 역시, 서점을 중심으로 문인들과 교류하며 동인시집을 내는 등 선배들과 비슷한 행로를 이어간다. 선배들과 마찬가지로, 파리의 앞서가는 예술 활동과 자유로운 연애 이야기는 청춘기의 박인환을 뜨겁게 만들기에 충분했을 것이다.

기욤 아폴리네르는 초현실주의 시의 선구자로 시집 『알코올』과 『칼리그람(Calligrammes)』이라는 상형시를 발표하며 시선을 주목시켰고, 피카소의 소개로 마리 로랑생을 만나 연애를 하다가 헤어지고 「미라보 다리」를 쓴다. 아폴리네르는 여러 여인과 숱한 화제를 뿌렸으며 루브르 박물관의 유명한 '모나리자 도난사건'과 연루되어 조사도 받았다. 그 즈음에 마리 로랑생과 관계가 더욱 악화되고 세계인의 애송시 「미라보 다리」를 남겼다. 이런 이야기는 비단 박인환뿐만 아니라 그 이야기를 듣는 세계의 문학 지망생들의 가슴을 설레게 했으리라. 파리를 동경하며 그곳을 그리워한 청년 박인환이 백번 이해된다. 박인환의 시에 나타나는 낭만적 경향과 참여적 경향의 두 방향은, 그가 처한 시대적 상황에서 '시대정신'을 견지하려는 모습과 그의 낭만적 기질이 동시에 표현된 것으로 보인다.

  급작스레 해방을 맞이하고 강대국의 결정으로 남북으로 갈려 격동기를 맞이한 한반도에서, 문인들 역시 좌우로 나뉘어 대립하는 격랑 속으로 빠지게 된다. 오장환 시인은 해방 후 미군정 아래서 1946년부터 이미 경찰의 요주의 인물로 주목 받았고 얼마 후 월북을 감행한다. 그와 가까웠던 박인환은 1949년 국가보안법 위반 혐의로 조사를 받았다. 무혐의로 풀려나긴 했으나 당시 상황에 비추어 이후 여러모로 행동이 조심스러웠을 것이다. 박인환의 글에서 오장환을 직접 언급한 글을 찾지 못했으나 시에서는 그로 추정되는 표현을 발견할 수 있다.

        얇은 고독처럼 퍼덕이는 기
        그것은 주검과 관념의 거리를 알린다.

        허망한 시간
        또는 줄기찬 행운의 순시
        우리는 도립된 석고처럼
        불길을 바라볼 수 있었다.

        낙엽처럼 싸움과 청년은 흩어지고
        오늘과 그 미래는 확립된 사념이 없다.

바람 속의 내성

허나 우리는 죽음을 원치 않는다.

피폐한 토지에선

한줄기 연기가 오르고

우리는 아무 말도 없이 눈을 감았다.

최후처럼 인상은 외롭다.

안구처럼 의욕은 숨길 수가 없다.

이러한 중간의 면적에

우리는 떨고 있으며

떨리는 깃발 속에

모든 인상과 의욕은 그 모습을 찾는다.

195…… 년의 여름과 가을에 걸쳐서

애정의 뱀은 어두움에서 암흑으로

세월과 함께 성숙하여 갔다.

그리하여 나는 비틀거리며

뱀이 걸어간 길을 피했다.

잊을 수 없는 의혹의 기

잊을 수 없는 환상의 기

이러한 혼란된 의식 아래서

아폴론은 위기의 병을 껴안고

고갈된 세계에 가라앉아 간다.

−「의혹의 기」, 『선시집』(1955)

　1950년 한국전쟁이 발발하고 서울이 점령되었을 때 월북했던
오장환도 인민군과 함께 서울에 나타났다. 박인환은 그때 피난하
지 못하고 서울에 남았고 둘째 세화가 태어난다. 「의혹의 기」는
당시 9·28수복으로 서울이 탈환되기 전까지의 인민군 치하의 시
기를 쓰고 있으며, 오장환은 '애정의 뱀'으로 표현된 것으로 추정
된다. 오장환 등의 영향을 받아 참여적 경향을 가졌지만 이념적인
부분까지 같이하지는 않았던 박인환이기에, 인간적 관계와 전쟁
으로 대립된 관계의 사이에서 애정은 있지만 피해야만 했던 모습
이 안타깝게 그려진다. 이 시는 박인환의 정치적 입장을 잘 알려주
는 한편, 대다수 국민이 원치 않는 갑작스런 전쟁으로 혼란에 빠졌
던 시대적 아픔을 함께 그려내고 있다. 몇 번을 읽은 후에야 내용
을 이해하고 마음이 많이 아팠던 시이다.

　「의혹의 기」는 내용이 어렵고 모호하게 처리된 부분이 많아서
단언하기 어렵지만, 불필요한 정치적 오해를 피하려고 하는 박인
환의 의지는 이 시에서도 확실히 나타난다. 당시 글이 정치적 이해
관계에 얽히면 어떻게 되는지를 보여 준 사례가 있다. 박인환과 아
주 가까웠던 소설가 김광주에게 일어난 일인데, 이와 연관되어 박
인환이 보여 준 용기 있는 행동은 그가 마냥 눈치만 보며 일신의

안위만 돌보는 사람이 아님을 보여 준다.

경향신문 문화부장이었던 작가 김광주(金光洲, 1910~
1974, 작가 김훈의 아버지)가 단편 「나는 너를 싫어한
다」(월간 『자유세계』 1952년 1월 창간호, 발행인 조병
옥, 편집인 임긍재)를 발표하자 바로 필화로 번졌다.
"백주(白晝)에 고관 규중(高官閨中)에서/ 소설가 김광
주 씨를 인치 구타/ 작품 「나는 너를 싫어한다」를 의심
끝에"(『경향신문』 1952년 2월 20일자, 2면)라는 기사로
세론은 들끓었다. 소설에는 '선전부 장관 부인'이란 말
이 16회나 등장하는데, 그 비슷한 부처가 공보처였다.
제2대(1949년 6월 4일~1950년 8월 14일)와 제4대(1950
년 11월 26일~1953년 3월 6일) 공보처장이었던 이철원
(李哲源, 1900~1979)은 난징, 프랑스, 미국에서 유학 후
귀국(1934년), 1938년 6월 흥업구락부(興業俱樂部) 사
건으로 체포되었다가 베이징으로 망명, 8·15 후 귀국해
미군정 때부터 공보 관련 직책을 맡아왔다. 소설 모델
은 이 처장의 부인 이모 씨라는 유언비어가 나돌았다.
2월 17일 오후 1시 30분경 작가 김광주는 부산 목원다방
에서 중앙방송국 방송과장(송 모 씨)의 소개로 공보처
장 부인 이 씨와 처음 만났다. 부인은 「나는 너를 싫어
한다」의 여주인공이 자신으로 오해받으니 취소하라고

요구했고 작가는 가상인물이라고 반박했다.

시비 중 작가는 차에 태워져 공보처장 집에 감금됐고, "머리털이 수없이 빠지고 다리에 타박상"을 입는 등 위협적인 상황에서 "일부 독자의 오해를 샀다면 사과한다"는 글을 쓰고 풀려났다. 폭행은 젊은이(일부 신문은 운전기사)가 했고, 이 씨는 만류했다지만 권세가에게 린치당한 사건이라 이승만 독재체제에 대한 반감도 한몫 보태 폭발적인 화제였다.

소설은 장관 부인을 "6·25 때 늙은 어머니와 하나밖에 없는 오라버니를 잃어버리고 자포자기에서 나오는 행동"으로 타락한 생활을 한다고 설정했다. 김광주는 소설에서 가족 잃은 슬픔은 그녀만은 아니라며 "어버이를 잃어버린 사람./ 형제를 잃어버린 사람./ 아내와 남편을 잃어버린 사람"이 많지만 다들 고난을 딛고 살아간다고 쓴다.

소설의 부인은 댄스홀에서 "어떤 외국 장교 같은 사람의 품에 안기어서 미친 듯이 빙빙 내 앞을 지나가면서 나에게 던진 눈짓"인 "추파"를 보낸다. 그 순간 나는 "드러운 연!" "일국의 장관 부인이라는 연이……"로 명칭을 바꾼다. "온 백성이 다 같은 운명에서 괴로운 삶을 이어나가는 것입니다. 당신만이 슬프고 당신만이 외로운 것이 아닙니다"라고 충고한다.

변호사·언론인·문화인 그리고 대검 검사까지도 헌법 제14조(학문과 예술의 자유) 위반이라는 항의가 빗발쳤지만 2월 18일 작품 게재 잡지가 압수되자 한국기자협회도 나섰다.

이 처장은 '선전부 장관' 다섯 자만 삭제하고 발매하도록 타협했다면서 이 기사를 다루지 말아줄 것을 당부하는 공문(2월 19일)을 보냈는데, 서울신문이 사진판 그대로 공개(2월 22일)해버렸다.

믿던 도끼 서울신문에 발등을 찍힌 공보처는 경무대 비서 김광섭을 새 사장으로 천거했으나 이사회 표 대결에서 박종화에게 고배를 마셨다. 공정보도의 오종식 주필은 물러났고, 사회부장 역시 퇴사했다. 경향신문 문화부 경력의 시인 박인환은 선배를 위해 발 벗고 나서 대구에 피란한 '재구(在邱) 문화인'을 설득했다. 김팔봉·박두진·박목월·전숙희·정비석·조지훈·최정희·홍성유 등 문인과 배우 김동원·김승호·이해랑·최은희 등 45명은 2월 21일 폭력범을 처벌하고 처장 부인 이 씨가 공개 사죄하라는 성명서를 냈다. 그날 권력은 '광무신문지법'에 의거해 잡지에서 『나는 너를 싫어한다』 16쪽 전체를 삭제토록 지시했다.

전국문화단체총연합회는 김광섭과 모윤숙의 불문에 부치자는 주장과 절대다수의 강경 대응책이 맞서자 위원장 박종화가 중립을 취해서 2월 23일 어정쩡한 성명이 나왔다. 이게 향후 한국 문화예술단체가 권력에 복종하는 주형(鑄型)이 되었다. 예술창작의 자유 원칙과 현실적인 간섭 배제를 강조한 뒤 "특정된 개인의 인신에 불미한 곡해와 오해를 야기시킬 수 있는 요소를 가졌다는 것은 작가의 의도 여하를 불구하고 작자의 과오"라는 양비론을 폈다.

이철원 처장은 이튿날 "아무리 문필의 자유라 하더라도 남의 명예를 오손할 우려가 있는 것을 써서 천하에 공포"하는 건 용서할 수없는 방종이라고 개가를 올렸다. 예술단체가 권력에 굴종당한 치욕적인 본보기였다.

- [70주년 창간기획-문학평론가 임헌영의 필화 70년](9) 타락녀 빗대 부패 권력 고발한 김광주, 『경향신문』(2016.11)

일본으로부터 독립하기 전에는 남과 북의 개념이 없었겠지만 해방 후 급작스럽게 이념적, 지리적 구분이 생겨났다. 경기공립중학교에 다니던 청소년기의 박인환 시인이 오장환의 서점에 다니며 문학에 꿈을 갖게 되었고, 이후 소중한 관계를 맺어온 오장환과의 인연이었지만, 하루아침에 그 인연은 위험한 인연으로 전환되었다. 오장환 시인이 월북한 이후에는 그의 이름은 입에 올리면 안 되는 지워진 이름이 되었다. 그와 더불어 당시의 다른 문인들 역시, 여타의 월북 문인과 함께 했던 지난 인연을 모두 잊어야만 했다.

영화와 소녀

5 영화와 소녀

✳

　어린 시절부터 영화에 관심이 깊었던 박인환 시인은 시작활동 뿐만 아니라 한국영화평론가협회 상임간사(1954)에 취임할 정도로 영화평론을 많이 썼으며 영화계에서도 활발한 활동을 했다. 해방 후 경영하던 '마리서사'에는 구하기 힘든 외국서적이나 호화 양장본 등이 많았다고 전해지며 서점에 들른 손님이 책을 구입하려고 하면 막상 귀한 책이 아까워서 판매용이 아니라며 돌려보내는 등 영업엔 관심이 없었던지 서점은 2년여 만에 문을 닫게 됐다. 그곳을 통해서 여러 문인들과 교류를 하고 우연히 들렀던 부인 이정숙 여사와 만나서 연애를 하게 되었던 것이 소득이라면 큰 소득이라고 할 수 있겠다.

부인 이정숙 여사와 교제를 하던 때에도 매주 영화를 보고 서울 거리를 다니며 연애시절을 보냈는데 두 사람 모두가 키가 크고 용모가 뛰어나 한 쌍의 학과 같아서 동료 문인들의 부러움을 사기도 했다는 이야기도 전해진다. 박인환 시인은 영어 문학작품을 번역도 했고 외국 작품의 이해도를 높이려고 불어도 공부를 했으며, 대한해운공사 재직 시에 사무장 신분으로 미국을 여행한 후의 기행문을 보면 현지인들과의 의사소통이 자유로웠던 것으로 보인다. 원어민의 발음을 듣기 어려운 시절의 일본식 교육을 받았음에도 불구하고 미국에서의 다양한 만남과 문화적 차이를 기록한 것으로 보아 영화를 통해서 대화가 자유로울 정도의 발음과 회화 실력을 습득했을 것이라고 추측한다.

영화와 관련해 굉장히 독특한 기록 중에는 박인환 시인이 동인지 『신시론』을 발간할 때에 동료들의 반대를 설득해가며 『신시론』 1집(1948.4.20) 표지에 로렌 바콜(Lauren Bacall)이라는 미국 여배우 사진을 실었는데 그 사연을 설명한 글이 있다. (엄동섭·염철 엮음, 『박인환 전집』 1, 작가연보 참조)

처음 바콜을 발견하였을 때의 나의 환희는 하늘을 나는 천사와도 같았고 연못가에서 사랑을 고할 때와도 같은 치밀어 오는 즐거움을 느꼈었습니다. 수만 리를 떨어져 사는 비극으로 지상에서 사진으로 볼 수밖에 없었는데 그 사진을 촬영한 사람은 현대 아메리카 사진 예술가로서는 제일자인 '필립 할스먼'이었습니다. 그는 '윌리키', '버그만', '미술가 달리'의 긴 수염이 특징인 얼굴과 음악가 '레오폴드 스토코프스키' 그리고 당신의 허즈번드 '험프리 보가트' 등 여러 인상적이며 사실적인 프로필을 보여 주는 한편 '로렌 바콜'의 이름은 '룩(LOOK)'이라는 설명문을 걸고 오늘의 근대적인 시각을 상징하고 있는 불안의 의혹에 넘친 지성적인 눈과 황폐한 현대 문명에서 떠나간 과거의 노스탤지어를 회상케 하는 당신의 원시적(야성적이라는 것이 지당할지도 모름)인 자태를 소개하였던 것입니다. 나는 그 무렵 우리들의 비상업적인 동인 시지 『신시론』의 표지 구성에 부심하였을 때인 만큼 동인들과 당신의 포트레이트(이는 할스먼 작품이라는 데 더욱 의의가 있었다)를 우리 잡지의 겉장으로 하자고 주장하였는데 이들의 대부분은 영화 잡지가 아닌 순수한 시지의 표지를 여배우의 얼굴로 조화시킨다는 것은 저속한 일이라고 거부했으나 수일 후 당신의 얼굴이 발신하는 페시미스틱한 어떠한 영감이 우리의 시 정신과 흡사하며 우리의 문명 비판적 시각이 당신의 근대적인 눈의 모색과 복합이 빚어내는 환상의 감정과 공통된다는 데 의견의 일치를 보고 우리 잡지는 바콜의 얼굴과 함께 인습의 거리에 나타났습니다. 일반은 물론 여러 문화인의 비난의 소리는 높았고 표지에 대한 공격은 전개되었습니다. 이 잡지는 이 호로 절명되어 버렸고 비난이 고조할수록 나의 당신에 대한 애호감은 가일층 점고되었습니다. 이것이 당신을 처음으로 우리나라에 소개한 나에 대한 박해이었습니다.

– 「로렌 바콜에게」, 『신경향』 2-6호(1950.6)

박인환 시인이 로렌 바콜과 영화를 좋아한 정도가 얼마나 열정적이었는지를 보여 주는 일화가 있다. 위의 글에 나오는 '당신의 허즈번드 험프리 보가트'가 영화에서 상고머리 스타일로 나왔던 모양인지, 박인환 시인도 자신의 짧은 머리는 험프리 보가트가 좋아서 그런 것이라고 주변에 말했다고 한다.

그럼 로렌 바콜을 표지로 출간한 『신시론』의 내용에 대한 문단의 반응 또한 궁금하고, 이에 대해서는 김경린 시인이 남긴 글이 있다.

이러한 우리의 주장과 실험에 대하여 좌익진영으로부터의 사상성의 결여라는 기총소사가 그러했고 서정의 세계에 머무르면서 풍월과 사원과 사랑만을 노래하던 우익진영의 시인들로 부터의 난해라는 비난이 빗발처럼 쏟아져 왔지만 모더니즘에 대한 확고한 신념과 이론 무장을 가지고 있었던 우리들은 '50년은 먼저 가야 한다. 따라서 살아있는 동안 유명해지지 않아도 좋다'는 결의를 다지기도 했다. 그러한 우리들의 기개였기에 책이 팔릴 생각도 하지 않았고 심지어는 팔리는 것을 수치스럽게 까지 여기는 우리들이었지만 장만영은 자신이 경영하는 '산호장'에서 『신시론』을 발간해 주었으며 『새로운 도시와 시민들의 합창』은 나의 친우이며 공업가인 홍성보가 '도시문화사'라는 간판을 걸고 출판해 준 일들이 아직도 기억에 새롭게 남아 있다. 더욱이 김기림 등 여러 선배들이 우리를 찾아와 격려를 해주었던 일과 문예지와 신문 등에서 비상한 관심을 가져줌에 따라 우리들은 일약 '청록파'에 대립하는 존재가 되었고 한편으로는 시단에 말썽을 일으키는 문제인물들이기도 했던 것이다.

 — 김경린, 「모더니즘의 실상과 역사적 발전과정 – 나의 시각에서 본 그 종단 및 횡단도」

　개인시집 표지라도 외국 여배우의 사진을 사용하는 것은 현대에 생각해도 독특한 일일 것이다. 그럼에도 불구하고 여러 동인들의 글이 실리는 표지에 문제적인 글을 실으면서, 그것도 1940년대에, 동료들을 설득해서 끝내 자신의 뜻을 이루었다는 것이 그저 놀라울 뿐이다. 결국 표지 때문에 여러 문화인과 일반인의 비난을 피하지 못했으면서도, 그것을 로렌 바콜을 소개한 것에 대한 박해라고 받아들이는 박인환의 천진한 모습에 절로 웃음이 나온다. 그때가 박인환 시인이 23세의 나이였으니, 젊다는 것도 그런 행동의 이유 중 하나일 것이다.

「로렌 바콜에게」 글을 보면 외래어가 빈번하게 나온다. 당시의 시대상황을 고려한다면 너무 많이 쓰인 것으로 보인다. 페시미스틱은 어감이 다를 수 있어서 이해한다고 해도, 불필요한 허즈번드까지 사용해서 주위의 비판을 자초한 점은 안타깝다. 과도한 외래어 사용 원인에 대한 설명으로는, 시인의 주변 문인은 유학파나 대학에서 전공으로 공부한 사람이 많았는데, 강원도 인제가 고향인 박인환 시인은 '시골 촌놈'에다가 대학도 제대로 마치지 못했다는 강박이 있어서, 그에 대한 반작용으로 도시적이고 서구적인 경향을 만들어냈다는 동료 문인의 이야기가 있다. 박인환 시인의 작품을 읽으면서 낯선 단어 때문에 사전을 자주 찾았던 경험이 많은데, 특히 영어사전을 많이 찾았고 다른 사람들 역시 그런 불편함을 많이 겪었으리라 생각한다.

박인환 시인은 대학에서 어학이나 문학을 전공하지 않았음에도 존 스타인벡의 글을 번역 출간하거나 『욕망이라는 이름의 전차』를 번역하여 연극무대에 올렸다. 그런 점을 보면 번역판이 나오기 전에, 서구 문학작품과 최신 경향을 알려주는 문학잡지, 자료 등을 직접 구하여 원문으로 읽었을 것으로 추정된다. 더불어 한국 문단에 없던 외국문학의 흐름을 열심히 공부하며 소개하려고 노력한 것으로 보인다. 그의 과도한 서구적 취향은 그러한 과정에서 몰입도가 높아서 나타난 현상일 수 있다고 변호해본다.

「목마와 숙녀」에서 버지니아 울프만큼 중요한 사람이 '숙녀'와 '소녀'인데 베일에 싸인 숙녀와 소녀에 대한 단서가 바로 영화에 숨어있다. 박인환 시인이 영화를 소개하는 「『제니의 초상』감상」 이라는 글을 보면

로버트 네이선의 『제니의 초상』은 그의 대표적인 소설이며 우리나라에서도 허백년 씨의 번역으로 출판 소개된 이색의 작품이다. 이것을 영화 제작자 D.O. 셀즈닉은 W. 디어틀의 시정과 환상적인 낭만의 수법을 빌려 영화화하는 데 성공하였다. 천성의 재능을 가지고 있으나 그 재능을 자극시키는 인스피레이션을 가지지 못한 청년 화가는 20년 전의 죽은 소녀와 시간의 관념을 초월하여 사랑하게 된다. 즉 1934년의 겨울 뉴욕 센트럴파크에서 화가는 소녀와 만나나 소녀는 20년 전에 이미 죽고 있으므로 1934년에 살아 있는 것은 아니다. 인스피레이션을 찾고 있던 화가에 그 모습을 보이고 있으며 그 이외의 사람에게는 보이지 않는다. 말하자면 애덤스(화가)가 창조한 환상적인 영원한 여성인 것이다. 이것을 "이 작품의 진실은 스크린 속에 있는 것이 아니라 여러분의 마음속에 있다"고 처음에 해설하고 있다. 애덤스와 만난 제니는 "부모는 하마스타인 극장에 출연하고 있다"고 말하나 그 극장은 지금은 없어지고 있

으므로 관객은 이 작품이 가지는 이상한 분위기에 끌려가 버린다. 이 장면으로서부터의 디어틀의 수법은 환상적인 것이 되며 우리들은 스크린에서 눈을 돌릴 수 없는 지경에 빠진다. 애덤스는 1년 안에 여러 번 제니와 만나게 되는데 그때마다 제니는 놀랄 정도로 성장되어 있다. 즉 이러한 과거와 현재와의 교착을 설명하기 위하여……

(중략)

영화의 클라이맥스는 뉴잉글랜드의 해안 등대에서 애덤스와 제니가 파풍에 휩쓸리는 장면이다,

– 「『제니의 초상』 감상」, 『태양신문』(1954.1)

위의 내용을 간략하게 정리하면, 공원에서 우연히 만난 '소녀'는 애덤스의 마음속에서 자라나 '숙녀'가 되고, 이후 '등대'에서 극적인 재회를 하게 된다. 독자는 『제니의 초상』에 나오는 '소녀', '숙녀', '등대' 등의 단어에서 「목마와 숙녀」와 많은 공통점을 느낄 것이다.

로버트 네이선(Robert Nathan)이 쓴 소설 『제니의 초상』의 첫 부분을 보면, 예술가를 자극하는 '인스피레이션'에 대한 내용이 나오며, '소녀', '숙녀'의 의미를 이해하는 것에 큰 도움이 된다.

굶주림에는 먹지 못한 데서 오는 것보다 더한 굶주림이 있다. 그리고 나를 허기지게 한 것은 바로 이 같은 굶주

림이었다. 나는 가난했고 나의 작품은 알려져 있지 않
았다. 자주 끼니도 걸렀다. 또한 겨울엔 웨스트사이드
의 내 초라한 화실에서 나는 추위로 떨었다.

내가 고생을 운운할 적에 나는 추위와 굶주림에 대해서
말하고 있는 것이 아니다. 예술가에겐 겨울이나 빈궁이
가져다주는 것과는 종류가 다른 훨씬 더 혹독한 괴로움
이 있다. 그것은 오히려 마음의 겨울과 흡사한 것으로,
그 속에선 그의 천재의 생명이, 자기 작품의 생명의 즙

이 얼어붙은 채 꼼짝없이–아마도 영원히–죽음의 계절에 붙들려 있는 것처럼 생각되는 것이다. 그리고 봄이 또 다시 찾아와 그걸 자유롭게 해줄 것인지 누가 안단 말인가?

그것은 내가 작품을 팔 수 없었기 때문이 아니라–그러한 일은 훌륭한 사람들에게도. 하물며 위대한 사람들에게까지도 이미 일어난 일이었다 – 나 자신 나의 내부에 붙들려 있는 것에까지 뚫고 들어갈 수 없을 것처럼 생각되었기 때문이다. 내가 그린 것은 무엇이건, 인물이건, 풍경이건, 정물이건, 모두가 한결같이 내가 뜻했던 것, 즉 내 이름이 이벤 애덤즈라는 것만큼 확실히 내가 알고 있는 것 – 이 세계에서 내가 진정으로 말하고 싶은 것, 내 그림을 통해서 사람들에게 무언가 이야기하고자 하는 것과는 동떨어진 것처럼 보였던 것이다.

그러한 시기가 어떠했던가를 나는 독자들에게 이야기할 수는 없다. 왜냐하면 그 시기의 가장 몹쓸 부분이 지극히 설명하기 어려운 근심이었기 때문이다. 추측컨대 대부분의 예술가는 이 같은 종류의 어떤 것을 경험하는 것이리라. 조만간에 그들에겐 단순히 산다는 것만으론 – 그림을 그리고 먹을 것을 충분히, 혹은 가까스로 지니고 있는 것만으론 – 더 이상 흡족한 것이 못 되게 된다. 조만간에 신은 질문을 던지리라. 그대는 나를 위해

존재하느뇨, 혹은 내게 적대하기 위함이뇨? 라고. 그리
고 예술가는 뭐라고 대답을 해야만 하는 것이다. 그렇
지 않을진댄 그의 심장은 자기가 말할 수 없다는 것 때
문에 터지는 것처럼 느껴지리라.

- 로버트 네이선 저, 이덕희 역, 『제니의 초상』

『제니의 초상』에서, 애덤스는 겨울의 어느 저녁에 센트럴파크
에서 이미 죽은 소녀를 만나 예술적 영감을 얻으며 그것은 그의
마음속에 자리하게 된다. 그리고 그 소녀는 그의 마음속에서 계속
자라나 숙녀가 되며, 후에 숙녀와 애덤스는 폭풍우 속에서 배를 타
고 등대에서 만나나, 애덤스는 결국 숙녀를 거센 파도에 잃게 된
다. 그 후에야 애덤스는 소녀의 환영에서 벗어나 현실세계로 돌아
오게 된다. 「목마와 숙녀」에 나오는 '자라는 소녀', '숙녀', '등대' 등
을 보면 『제니의 초상』이 박인환 시인에게 중요한 시적 모티브로
사용되었음을 추정할 수 있다. 울프의 작품인 『등대로』의 '등대'와
로버트 네이선의 『제니의 초상』의 '등대'는, 「목마와 숙녀」와 중요
한 연관성을 지니고 있다.

『등대로』에서 램지 씨 가족은 등대섬에 도착하면서 가족 간의
교감이 이루어지고 릴리 브리스코도 본인의 그림을 완성한다. 버
지니아 울프도 매일 아버지와 어머니를 생각하곤 했지만, 『등대
로』의 작품을 끝내면서 그 강박에서 벗어나 어머니의 목소리도
들리지 않고 모습도 보이지 않게 되었다고 한다. 영화 『제니의 초

상』에서도 주인공 애덤스 역시 등대에서의 만남 이후 환영에서 벗어난다. 이와 마찬가지로 「목마와 숙녀」도 전반적으로는 슬프고 어두운 분위기를 띠고 있으나, 등대를 시의 중심부에 위치시켜, 어두움 속에서도 길을 밝혀줄 '희망'을 가슴 깊숙이 간직한 시인의 마음을 느끼게 한다. '⋯⋯등대에⋯⋯'라는 독특한 표현을 사용하며 중요성을 부각시키고 있는 것은 그가 시의 전체적인 구성에도 공을 많이 들였음을 알게 한다. 『제니의 초상』은 「목마와 숙녀」에 영화제목이 직접 언급되지는 않았지만, '소녀'가 화가 애덤스에게 예술적 영감을 준 것처럼 박인환 시인에게도 중요한 시적 영감을 준 것으로 추정할 수 있다.

그렇다면 박인환 시인의 마음속의 소녀는 무슨 사연이 있을까?

박인환 시인이 여성지에 기고한 「크리스마스와 여자」라는 글에 '소녀'가 주인공으로 등장하는 이야기가 있다.

> 지금으로부터 ○년 전 그곳은 부산이었다. 부산의 크리스마스이브는 눈이 오지 않았다. 이것부터가 우습다. 내가 일을 보고 있었던 회사는 가톨릭계였기 때문에 나를 빼놓은 사원의 대부분은 초저녁부터 교회에 가는 것이다. 나는 혼자 이 집 저 집의 아는 주점을 찾아다니며 술을 마시고 혹시 산타클로스 할아버지나 만나면 용돈이나 달라고 싶은 심정이 되었다.
>
> 밤은 깊어졌다. 교회의 앞을 지난 때 요란스럽게 그러

면서도 부드러운 찬미가가 들린다. 마치 술 취한 나를 비웃는 듯이……

골목길을 지나 막 다음 골목으로 빠지려고 할 때 한 소녀가 울고 있었다. 보통 때 같으면 물어볼 필요도 없었지만 술의 힘을 빌려 왜 우는가를 물었다. 아버지가 돌아가셨다는 것이다.

크리스마스 날 밤의 죽음 나는 술이 활짝 깼다. 집이라고는 말뿐 판잣집 속 희미한 등불 아래에서 그의 어머니도 역시 흐느껴 울고 있다.

그래서 지나가는 행인의 친절로 주머니 속에 있던 돈을 모조리 꺼내어 조위금으로 털어 버렸다. 그의 아버지가 무엇을 하던 사람인가. 그 소녀의 이름이 무엇인지 알 필요도 없이 나는 그들이 거절하는 것을 뿌리치고 산타클로스 할아버지의 역할을 했을 따름이다.

세월이 갔다. 벌써 4~5년은 되는 것 같다. 그 소녀는 성숙했을 것이며 또한 미인이 되었을 것이다. 지금까지 솔직히 말하면 이런 제목으로 글을 쓰라고 청탁을 받기 전까지 그런 일을 또 소녀를 조금도 생각지도 않았으며 사실상 잊어버리고 말았다.

크리스마스와 여인 하면 무슨 신비스럽고 아기자기하고 흐뭇한 이야기가 있을 것 같아 이런 제목이 주어졌을 것이다. 그러나 막상 크리스마스와 여인을 관련해서 생각해 보려니 구미를 돋굴 만한 이야기가 나오지 않는다.

(중략)

올겨울의 크리스마스에는 눈이 오셨으면 한다. 나는 그
다지 흥취가 일어나지 않을 것이다. 좀 심이 펴져 집에
양주나 몇 병 사다놓고 좋은 친구와 술을 나눌 때 그때
의 소녀가! 아니 지금은 성장한 여자가 되어 점잖고 출
중한 청년과 함께 크리스마스 날 밤에 작고한 아버지의
이야기나 하며 걸어가는 것을 들창으로 바라다보았으
면 좋겠다.

– 「크리스마스와 여자」, 『신태양』(1955.2)

글에서도 밝혔듯이 잡지사의 요구는 보다 낭만적인 내용을 원
했을 터이지만 박인환 시인은 다소 무거운 내용의 경험담을 썼다.
아마도 낭만적인 글을 쓰기에는 시대가 너무 어두웠을 것이고, 시
인의 마음이 무거워 가벼운 글을 쓰지 못했을 수도 있다. 다만 우
리가 확실히 알 수 있는 점은 그에게 있어서 '소녀'는 전쟁의 아픔
과 분리하기 어렵다는 것이다.

「목마와 숙녀」와 「가을의 유혹」이라는 시의 내용에서 소녀가
나오는 내용을 비교해서 보자.

그것은 폐원에 있던 벤치에 앉아
고갈된 분수를 바라보며

지금은 죽은 소녀의 팔목을 잡던 것과 같이

쓸쓸한 옛날의 일이며

－「가을의 유혹」

그러한 잠시 내가 알던 소녀는

정원의 초목 옆에서 자라고

문학이 죽고 인생이 죽고

－「목마와 숙녀」

　위의 두 부분은 유사성이 많다. '폐원'이라는 사람의 발길이 끊
긴 곳과 '정원'이라는 사적인 공간에 존재하는 소녀는, 모두 이미
현실의 사람이 아니고 시인의 내면에만 존재한다는 것을 공통점
으로 하고 있다. 「가을의 유혹」에서는 전쟁을 언급하여 전쟁의 아
픔을 소녀의 죽음으로 표현하고 있다고 추정되지만, 「목마와 숙
녀」에서는 전쟁에 대한 직접적인 언급이 없고 버지니아 울프의 죽
음과 그녀의 전쟁에 대한 입장을 통해서 소녀의 죽음을 추론하게
한다. 비록 두 시에서 전쟁의 참상과 아픔에 대한 직접적이고 확실
한 메시지를 담은 표현은 없지만, 두 시 모두 전쟁에 대한 허무 등
의 감정이 담겨있다는 점은 너무도 분명하다. 이것을 종합해 소녀
와 숙녀의 관계를 정리하면, 박인환 시인이 겪은 전쟁의 아픔을 형
상화한 '소녀'는 그의 마음속에서 계속 자라나 '숙녀'로 성장하며,
나아가 시간이 지나도 사라지지 않고 강하게 남아있는 전쟁의 고

통과, 언제라도 다시 벌어질 수 있는 전쟁위기 증폭의 압박감을 상징하고 있다. 그리고 전쟁의 고통에서 벗어나지 못하는 것이 단지 본인만의 문제가 아니라, 당시의 사회적 분위기가 처참했던 전쟁을 반성하고 희망적인 미래를 위해 나아가는 상황이 아니었기에, 너무도 불투명한 '페시미즘[11]의 미래'가 시에 등장한다.

11) 페시미즘은 염세주의 주로 쇼펜하우어의 철학사상을 지칭하는 말로 쓰이는 용어이다. 그에 따르면 인간은 맹목적인 생명의 의지에 이끌려 불행하고 비참한 삶을 영위하게 되는데 자아의 속박에서 벗어나 생명에의 의지를 부정함으로써 우리는 이 고통으로부터 벗어날 수 있게 된다.
염세주의는 환멸을 겪은 젊은이 불행한 삶을 체험한 개인, 역사적 불행 속에 성장한 세대에 흔히 발견된다.

불이 보이지 않아도
그저 간직한 페시미즘의 미래를 위하여
우리는 처량한 목마 소리를 기억하여야 한다
모든 것이 떠나든 죽든
그저 희미한 의식을 붙잡고

이 얼마나 처절한 울림인가?

희망을 갖기엔 현실이 너무도 참담하고, 그렇다고 포기할 수 없는 미래는 어두운 망망대해에서 표류하고 있으며, 아직 방향을 알려줄 등대의 불빛은 보이지 않는다. 그러나 아직은 울림이 미미하지만, '어린 시절 울프의 고통'과 '전쟁에서의 소녀의 죽음'을 기억하고 반성하며 미래를 준비하여야 한다고 말하고 있다. 그러면서도 시인은 지금 이 순간이 너무 힘들고 괴로워서, 자기의 심정을 이해해주는 사람들과 술 한 잔을 나누고 싶은 것이다. 무작정 술에 취하자는 것이 아니고, 전쟁을 막고 새로운 시대를 만들어 가는 꿈을 이야기하고 싶은 마음에, 눈을 뜨고 한 잔의 술을 마시자고 주문하는 것이다. 자연스레, 쓰러진 술병 속에서 목메어 우는 것은 술이 취해서 우는 것이 아님을 알 수 있다.

해방 후에 문단은 좌우로 나뉘어 따로 어울렸지만 박인환 시인은 별로 그런 구별이 없었다고 한다. 그러면서도 조병화 시인과 김규동 시인의 회고에 보면 문인을 사귐에 있어서 상당히 까다로워, 싫은 사람은 쳐다보지도 않았고 특히 친일문학가가 나타나면 아예 자리를 피했다고 한다.

「목마와 숙녀」를 처음 막연하게 읽을 때는 몰랐으나, 술과 버지니아 울프가 반복해서 나오는 이유를 알고 나서는, 시의 중간에 '~한다'라는 표현이 자주 나오는 이유도 이해하게 되었다. 연극과 영화에 깊은 이해가 있었던 시인은, 마치 시나리오에서 지문이 중요한 역할을 하는 것처럼, 이것을 시에 응용하여 '~한다'가 그와 유사한 역할을 수행하게 만든 것으로 보인다. 즉 시가 시인이 원하는 흐름을 과도하게 벗어나지 못하도록 붙드는 역할을 수행하게 한 것이다. 명령조의 언어라 시에서 빈번하게 사용하기엔 적절치 않아 보이지만, 「목마와 숙녀」에는 여섯 번이나 사용되어 시의 흐름을 일정하게 유도하려는 의도가 명확함을 확인할 수 있다. 마치 술자리에서 영화가 시작되고, 주인공이 회상하는 기법으로 전쟁에 의한 문명의 파괴와 소녀의 고통이 전개되며, 주인공이 사랑하는 이의 아픔과 죽음을 잊지 못하는 장면을 한 번 상상해보자. 그러한 아픔으로 인하여, 문학에의 열정과 꿈을 잃어버리고 현실에서 고통스러워하는 모습이 그려지고, 마침내 술자리 마지막에 조용히 울음을 삼키는 모습으로 마무리하는, 영화를 찍듯이 시를 쓴 것이 아닐까?

『등대로』에서 릴리 브리스코가 램지 부인 가족과 주변의 풍경을 그림으로 표현하려 했듯이, 어쩌면 그 대목을 읽던 박인환 시인은 마치 영화나 연극처럼 시로 표현하는 상상을 했을 수 있다는 것이 종합적인 판단이다.

맺음말

6
맺음말

✳

    박인환 시인이 모더니즘 운동을 하겠다면서 동인그룹을 결성하여 동인지를 만들었기에, 해외의 모더니즘에 대해 관심을 갖는 것은 너무도 당연해 보인다. 유명한 모더니스트이면서 신심리주의 소설로 뛰어난 활약을 보였던 버지니아 울프를 50년대의 한국에 소개하는 것 또한, 그가 추구하는 문학의 지향점에서는 중요한 의무 중 하나였을 것이다. 박인환 시인이 「목마와 숙녀」에 울프를 반복해서 등장시킨 것도 명확한 목표가 있었을 터이다. 그러나 「목마와 숙녀」가 단순히 낭만적이고 서정적인 시로, 전쟁의 허무를 표현하면서도 과도한 서구적 취향으로 현실과 동떨어진 시라는 비판을 일부에서 받은 것 또한 사실이다. 적절한 비판과 칭찬은

문학뿐 아니라 모든 영역이 발전해 나가기 위해 반드시 필요하다. 따라서 불필요한 오해를 걷어내는 것 또한 중요한 일이며, 이 글은 그러한 목적도 염두에 두고 썼다.

지금까지 주로 목마, 숙녀를 이해하기 위해 자료들을 인용하면서, 성차별, 전쟁의 폐해 등을 버지니아 울프와 관련해서 설명했지만, 시 전반에 걸쳐서 시인의 자기고백적인 내용도 많이 들어있다. '한때는 고립을 피하여 시들어 가고 이제 우리는 작별하여야 한다'에도 자기고백을 하는 내용이 포함되어 있는데, 많은 사람이 해석에 어려움을 느끼는 부분이기도 하다. 「목마와 숙녀」를 공부하는 긴 시간 중간에 가끔 여러 사람들 앞에서 해설을 했었다. 그때마다 많은 질문이 나왔는데, 특히 '이제 우리는 작별하여야 한다'는 누구와 작별한다는 뜻인지 궁금해 했다. '한때는 고립을 피하여 시들어 가고' 부분을 가지고 비유해 보자.

소를 그리는 화가 이중섭에게, 그의 강렬한 붓의 터치와 색을 버리고 시골의 누렁소를 목가적인 분위기로 그려야 판매가 잘 이루어진다고 요구했다고 치자. 그가 타협하면 대중적인 인기를 조금 얻을 수 있을지 모르지만, 그의 예술적 내면은 말라가고 고통스러울 것이다. 박인환 시인이 여러 문인들과 동인시집을 준비하면서, 가장 잘 팔리는 시집은 시대에 그만큼 뒤떨어진 것이라며 안 팔리는 시집을 만들겠다고 들떠있었다는 동료들의 회고를 보면 충분히 이해가 된다. 박인환 시인이 문학적 지향점과 시대적 상황과의 불화 사이에서, 그리고 생계를 돌봐야 하는 가장으로서 부득이한

타협을 선택했던 고통이, 다른 시에서도 표현되고 있다. 그것은 비단 문화예술계만이 아니라 당시의 다양한 분야의 사람들이 겪는 아픔이었다. 바로 '우리의 작별'은 그런 현실에 무릎을 꿇는 나약함과 작별하자는 뜻으로 해석할 수 있다. 그러나 현실은 너무도 가혹해서, 전쟁이 수많은 이산가족을 만들어내고 삶의 터전을 파괴했음에도 불구하고, 권력자들은 계속 전쟁의 광기에서 벗어나지 못하고 오히려 전쟁을 부추겼다. 바로 문학과 예술이 사상의 검열과 탄압 속에서 속수무책으로 표류하는 현실에서, 시인이 할 수 있는 일이 별로 없는 상황을 한탄하고 있는 것이다. 시에서 '목마는 하늘에 있고 방울소리는 귓전에 철렁거리는데'의 부분은, 전쟁으로 고통받은 이들의 절규는 현실에서 외면 받아 멀리 하늘에서 떠돌고 있는 상황을 너무도 절절하게 표현하고 있다. 비록 모두가 외면하지만 시인은 그들의 아픔을 듣고 있으며, 귓전에서 철렁거리는 절규를 술로 달래고 있는 것이다. '내 쓰러진 술병 속에서 목메어 우는' 시인의 외로운 모습이 더욱 슬픈 느낌을 갖게 만든다. 그리고 그는 정말 시에서처럼 우리 곁을 떠났다.

그렇다면 박인환 시인은 굳이 왜 어렵게 시를 썼을까? 시를 어렵게 쓰는 것도 힘들었을 것이고, 읽는 사람이 이해 못 하면 어찌한다는 말인가? 이 의문은 당시의 시대상황과 연관해서 생각할 필요가 있다. 박인환이 자라고 교육받은 시기는 일본의 식민지 조선으로 약소민족의 설움이 공통된 정서였다. 당시 지식인들은 봉건시대의 잔재에서 빨리 벗어나 서구의 과학문명을 흡수 발전시켜, 국가의 힘을 길러서 강대국으로부터 독립된 국가를 이루는 목표를 갖고서 계몽운동에 열심이었다. 박인환 역시 시를 통해서 나름의 역할을 수행하려고 노력했다고 생각한다. 그의 시에 서적, 문명, 아폴론(태양의 밝은 빛을 상징하는 아폴론의 이미지는 이성으로 통한다.) 등이 자주 나오는 것은 지향하는 바가 무엇인지 명확하게 보여 준다.

박인환 시인이 무척이나 좋아했으며 난해한 시를 쓰기로 유명했던 이상 시인의 말이 떠오른다.

"보고도 모르는 것을 폭로시켜라! 그것은 발명보다도 발견! 거기에도 노력은 필요하다."

『조선중앙일보』에 난해한 「오감도」를 발표해 파란을 일으키다 결국 연재를 중단했던 천재 시인 이상의 말이라 깊은 뜻은 잘 모르겠지만, 박인환 시인은 나름의 방법으로 시를 써서 실천에 옮기며 노력을 기울였던 것이 아닐까?

'인생은 외롭지도 않고 그저 잡지의 표지처럼 통속하거늘'처럼, 우리 대다수의 삶은 특별하기보다는 평범하게 살아가고, 자세히 들여다보면 그것 또한 복잡한 세상 속에서 나름의 굴곡과 사연이 있는 삶이다. 박인환 시인은 「목마와 숙녀」를 단순하게 읽어도 시가 되고, 깊이 들여다보면 격동기의 아픔을 찾을 수 있고 울림이 있는 시가 되도록 다듬고 또 다듬었던 것은 아닐까? 어쩌면 시인은 현대의 소녀, 혹은 세월의 풍상을 겪은 이가, 오늘 읽어도 또 백년이 지나 읽어도, 각각의 느낌이 살아있는 시를 쓰기 위해 펜을

쥐고 많은 시간을 고뇌했으리라.

지금까지의 설명만으로는 부족하다 느끼는 분도 있겠지만, 앞에 밝혔던 것처럼 너무 세세하게 들어가서 좋은 시를 오히려 좁은 틀에 가두는 잘못은 피하고 싶다. 박인환 시인의 다른 시와 함께 음미하다 보면, 모르고 지나쳤던 부분에서 문득 새로운 느낌을 발견하는 재미를 가질 수도 있으며, 또한 다른 관점에서의 해석도 얼마든지 가능하다고 생각한다.

지난날 신춘문예 공고가 나오면 신문을 오려서 식탁 위의 유리 밑에 넣어두고 매일 보면서 하루하루 날이 가고 마감일이 다가올수록 마음을 졸이던 때가 있었다. 그러한 꿈은 어느덧 잊어버렸고 신춘문예 당선작을 부러운 마음으로 읽던 일도 까마득해졌는데, 어느 순간 책을 만들어 내겠다는 용기와 자신감으로 도서관과 강원도 인제를 돌아다니며 원고를 끄적거리게 해주고, 잊었던 꿈에 불씨를 살려준 박인환 시인에게 깊은 감사를 드린다. 먼저 간 '친구 박인환'을 내내 그리워하면서, 많은 이야기와 글을 남겨준 김규동 시인의 추모시를 올리며 글을 마친다.

어리석은 사나이-
크렐의 어두운 영화에 나오는 사람처럼
큰 키를 하고
백주, 초조히 쏘다니던 얼굴!
피차 바른 말 옳은 말 할 때가 없어도

남달리 뛰어난 생각과 재능을 가졌던 사람
어리석은 사나이여
분명히 그것은 역설이었다
이 상을 치켜 올리는가 하면
실상 오든과 스펜더를 좋아하며
쓸쓸한 거리에서 세월을 지우던
'검은 신'과 목마의 시인!

'휘가로', '세종로', '모나리자', '소공동'
기억에 떠오르는 찻집과 가로와
친구의 이름과 수많은 주점의
작은 이름들을 외워보리라.

그대 남긴 한 권의 시집이
거칠은 세상을 다녀갔다는
발자취로 남는 것이라 하겠지만
그보다 중한 건
그대 열렬한 청춘과 예술에의 꿈이었기에
고약한 세상에서
외로운 싸움을 싸우며
우리들 한 줄기 슬픔에 새삼 젖는다
어찌 평탄할 리가 있으랴.

우리의 처참한 삶의 풍속을

그대 아름다운 시구가 표현했듯이

세기의 한촌!

한국의 하늘은 오늘도 어둡기만 하구나

그러나 잔인한 계절은

이윽고 죽은 땅에 꽃을 피우고

사랑스런 가족들처럼

우리들의 우정과 희망을 흥성케 하리니

죽은 사람이여

땅에 누운 시인이여

그대 영원한 의욕의 노래

고독의 광야를 다사롭게 꾸미라.

　　- 김규동, 「친구의 이름들」, 『한국일보』(1957.3)

에 필 로 그

　「목마와 숙녀」를 주제로 책을 쓴다며 주말이면 두문불출하고 술자리에선 자주 박인환 시인을 이야기했는데, 이때 가끔 친한 후배들은 피식 웃는 일이 많았다. 갑자기 무슨 치과의사가 시 해설이냐며 문학박사도 많고 수많은 연구논문이 쓰였을 터인데 "너무 오버하는 것 아녜요"라는 반응이었다.

　그러면 나는 이렇게 대답했다. "「목마와 숙녀」는 난해한 시로 정신분석 기법이 사용됐고 박인환 시인이 문학가이지만 의과대학을 다니다 중간에 그만둬서 그렇지 실은 자연과학에도 관심이 많았다. 문학적 사고의 틀로만 보아서는 그의 시를 이해하기 어렵다고 본다." 그렇다고 쉬이 고개를 끄덕이지 않았지만 설명을 듣고나면 태도가 달라지고 진지한 질문도 했다.

　본문을 작성할 때 정신분석에 대한 언급을 어떻게 할까? 고민이 많았다. 난해한 시를 해설하면서 프로이트, 정신분석, 무의식, 억압 등의 단어를 나열하고 어려운 개념을 늘어놓으면 설명이 더 난해하게 될까봐 걱정됐다. 결국 최대한 어려운 용어는 배제하는 방향으로 가닥을 잡았다. 그래서 생기는 약간의 미진함은 마음속에 찜찜한 찌꺼기로 계속 남아있었다. 이러한 나의 고민을 표지 디자인을 맡은 분이 후기에 그 내용을 담으면 좋겠다는 고마운 조언을 해주었다. 후기를 쓰게 되는 과정에는 이런 사연이 있다. 좋은 제안에 대한 답례로 「목마와 숙녀」에 대한 내용 이외에 「장미의 온도」까지 다뤄보겠다.

「목마와 숙녀」에 정신분석 기법이 사용됐다면 박인환 시인이 정신분석을 공부했다는 근거는 어디에서 찾을 수 있는가? 라는 질문에 대한 답이 필요하다. 그리고 언제부터 그러한 경향을 시에 표현했는지 궁금해진다. 김기림 시인과 김수영 시인의 글에 답이 있다.

버지니아 울프가 그의 '어떤 젊은 시인에게 보내는 편지' 속에서 말한 것처럼 '과거의 모든 시인이 그의 속에 살아 있고 조만간 모든 시인이 그의 속에서 나올 그러한 시인'일 것이다. 다시 말하면 오늘의 시인은 그의 예술적 생장의 과정에서 과거의 시사의 모든 발전 단계를 경험한 후 거기서부터 별다른 새 세계를 준비하는 시인일 것이다. 프로이드에 의하면 모든 사람은 그 모태 안에서 인류가 몇 억만 년 동안 지내온 진화의 전계단을, 즉 아메바로부터 현대의 사람에까지 이르는 과정을 단축하여 경험한다고 한다. 오늘의 시인은 모든 과거의 전통적 분위기를 그 태반과 함께 차버리고 낡은 시대의 치명적인 침묵을 깨뜨리는 반역자라야 할 것이다. 예술 사상에 있어서 새로운 반역은 한 개의 생명이며 힘이며 발전이며 창조며 아니 예술 자체다.

"만약 군이 미에 대한 욕망을 가지고 있다고 하면 오늘날 와서는 새로운 미를 창조하는 길 밖에 없다. 군은 과거의 위에서 군 자신을 더 길러갈 수는 없다. 과거는 아무데서도 실재가 아니다." (윈담 루이스)

그러므로 내가 오늘의 동료들에게 권하고 싶은 것은 과거에 대한 노예적 맹종의 미덕이 아니다. 차라리 일견 무모한 모험과 실험의 미덕에 대하여서다.

- 김기림, 「1933년 시단의 회고」, 『조선일보』(1933.12.7 ~ 12.13)

종로에서 마리서사를 하고 있을 때 너는 나한테 이런 말을 한 일이 있었다. "초현실주의 시를 한번 쓰던 사람이 거기에서 개종해 나오게 되면 그전에 그가 쓴 초현실주의 시는 모두 무효가 된다"는 의미의 말이었다. 그 말을 듣고, 프로이트를 읽어보지도 않고 모더니스트들을 추종하기에 바빴던 나는 얼마나 오랫동안을 너의 그 말을 해석하려고 고민을 했는지 모른다.

- '박인환', 『김수영 전집』

모더니즘의 대선배격인 김기림 시인의 글을 박인환 시인이 읽었는지, 읽었다면 언제인지 알기는 어렵지만 두 시인이 추구한 방향에 공통점이 많아 보인다. 그들이 모더니즘을 추구한 시인이었기 때문에 나타나는 당연한 결과라고 생각된다. 김수영 시인의 글로 보아 박인환 시인은 최소한 마리서사 시절이나 그 이전에 프로이트의 이론을 접했다고 추정되니 20세 이전일 가능성도 높다.

김수영 시인이 프로이트를 읽기 전에 박인환 시인의 말을 이해하기 어려웠다고 말했던 것처럼 정신분석의 개념이 생소한 독자는 본문에서 이해가 어려운 내용도 있었을 것이다. 프로이트는 『정신분석 입문』에서 정신현상 자체가 무의식이며, 의식적 과정은 정신생활 전체 가운데 일부분의 활동에 지나지 않는다고 주장한다. 이 내용은 울프가 어렸을 때 겪은 성추행의 고통이 무의식 상태로 남아서 스스로 극복하려는 의식적 노력을 했겠지만 남편과의 정상적인 부부생활에도 장애를 받고 결국 극복을 못한 내용과 상응한다.

정신분석에서 프로이트는 전쟁 때문에 생긴 특별한 병, 이른바 '외상성 노이로제'를 설명하면서 아주 짧은 시간에 주어진 자극이 극대화되고 이 자극을 정상적인 방법으로 처리하고 극복할 수 없게 된 결과, 에너지 활동에 장애가 연속되었을 때 이것을 외상이라고 정의했다. 또한 노이로제는 외상적인 병과 비교될 수 있는 증상으로써, 심한 감정을 수반한 체험을 처리할 수 없기 때문에 발생한 것으로 본다. 인간은 이제까지 살아온 삶의 밑바탕을 흔들어 놓는 외상적인 사건으로 인해 활동을 완전히 정지당한 뒤, 현재와 미래에 대한 관심을 완전히 포기하고 영원히 과거에 얽매인 경우가 있다는 것이다. 이것을 외상에의 고착이라고 한다.

박인환 시인은 울프의 외상에의 고착을 의미하는 '목마'를 등장시켜 시적으로 표현한 것이고, '소녀'를 등장시켜 전쟁의 고통도 함께 드러내고 '버지니아 울프의 생애', '늙은 여류작가의 눈', '서러운 이야기'를 반복적으로 언급하여 이해도를 높이고 있는 것이다. 처음엔 「목마와 숙녀」를 이해하기가 아주 어려웠지만 나중에 이해를 하고보니 꽤 친절한(?) 시라는 생각이 들었다. 독자들이 끝까지 시의 의미를 모르면 어떻게 하나 고민을 했던지 하나씩 단계를 밟아 가면서 실마리를 잡아가도록 배려를 했다는 느낌이다. 박인환 시인이 생전에 부인 이정숙 여사에게 자신이 죽고 나면 시집이 잘 팔릴 거라고 이야기한 것을 보면 당시엔 이해하기 어려운 개념임을 알고 있었고 어려우면서도 해석이 불가능하지 않도록 난이도 조율에도 많은 신경을 썼다고 짐작한다.

정신분석적 관점에서 박인환 시인의 시어들에 접근해보면 의미 있는 결과를 보였다. 전반적으로 시의 분위기가 어두워서 죽음, 묘지, 무덤, 시체 4개의 단어가 사용된 시를 찾아보았다. 90편의 시에서 무려 54편의 시에 사용됐다. 죽음이라는 단어는 명사, 동사,

형용사형을 포함했다. 사멸, 사라져간다 등의 어휘는 제외하고 직접적인 단어가 사용된 시만 찾아도 이 정도니 얼마만큼 전쟁과 시대적 아픔이 박인환을 짓누르고 있었는지 알 수 있다.

정신적 억압이 심하면 사람은 누구나 숨 쉴 구멍이 필요하다. 박인환 시인의 시에는 '창'이라는 단어가 자주 사용됐고 표현도 유리창, 들창, 현창 등으로 다양하게 나타난다. 영어로는 show window도 몇 번 나오지만 쇼윈도는 갇힌 느낌으로 일반적인 창과는 다른 느낌이어서 분류를 달리했다. 작은 창은 다른 사람들과 함께 보기보다는 대개 답답할 때 혼자 생각에 잠기며 내다보는 경향이 많다. 바깥은 좀 더 자유로운 공간을 의미한다고 생각한다. 문, 창, 망원경 세 개의 단어가 사용된 시를 찾아보았더니 19편의 시가 해당됐고 문과 망원경이 사용된 경우는 적고 대부분 창이라는 단어가 다양하게 사용됐다. '거리'라는 시에 '망원경으로 보던 천만의 미소'라는 대목이 나오며, 여기에서 망원경으로 보이는 것이 의미하는 것은 '미래에의 꿈'이라고 생각한다. 이처럼 박인환의 시는 전체적으로 어두우면서도 창, 문, 망원경 등이 등장하며 희망을 꿈꾸고 현실세계의 고통은 술을 도피처로 삼았기 때문에 시에 창, 술과 연관된 단어가 많이 사용됐다고 판단된다. 박인환 시인은 시에 정신분석 기법을 적용하는 한편 자신의 내면을 시에 어렵지만 솔직하게 표현하여 그의 심리 상태를 이해하기 쉽게 했다.

박인환 시인의 작품을 읽으면서 개인적으로 시인이 언급한 「장미의 온도」라는 내용이 굉장히 궁금했었다. 「장미의 온도」는 시의 제목이기도 하고 다른 글에서도 언급되며 궁금증을 유발시키는 묘한 매력이 있고 「목마와 숙녀」를 공부하면서도 내면에선 항상 「장미의 온도」가 함께하고 있었다. 조병화 시인의 '박인환 추모시'에도 장미의 온도가 나온다.

네가 없는 명동
네가 없는 서울, 서울의 거리 밤거리
네가 없는 술집, 찻집, 영화관
너는 다시 찾아볼 수가 없구나

1950년대 우리 젊은 시단은
항시 네가 이야기하던
"장미의 온도" 너를 잃었다
- 조병화, '박인환 추모시'

그리고 1949년 간행된 『새로운 도시와 시민들의 합창』에 「장미의 온도」라는 소제목아래 시 '열차' 등 6편의 시를 수록하며 남긴 글이 있다.

나는 불모의 문명 자본과 사상의 불균정한 싸움 속에서 시민정신에 이반된 언어작용만의 어리석음을 깨달았었다

자본과 군대가 진주한 시가지는 지금은 증오와 안개 낀
현실이 있을 뿐…… 더욱 멀리 지난날 노래하였던 식민
지의 애가이며 토속의 노래는 이러한 지구에 가라앉아
간다
그러나 영원의 일요일이 내 가슴속에 찾아든다 그러할
때에는 사랑하던 사람과 시의 산책의 발을 옮겼던 교외
의 원시림으로 간다 풍토와 개성과 사고의 자유를 즐겼
던 시의 원시림으로 간다
아 거기서 나를 괴롭히는 무수한 장미들의 뜨거운 온도

- 『새로운 도시와 시민들의 합창』 자서

조병화 시인이 말 한대로 「장미의 온도」를 박인환 시인이 항상
입에 올렸다면 도대체 그것은 어떤 의미를 갖는 것인가? 1949년
의 글에 중요하게 언급됐고 이후 1955년의 선시집에도 「장미의 온
도」라는 제목의 시가 등장하는데 도대체 어떤 의미일까? 궁금증
을 갖게 만들었다. 한편으로는 「장미의 온도」라는 말이 멋있기도
했고 이런 시어를 만들다니 참으로 기발하다는 감탄도 함께 있었
다. 글의 맥락을 보았을 때 '장미'는 의인화되어 사람으로 판단되
나 일단 장미를 재배조건 등으로 검색하니 장미의 온도에 관계된
내용이 있다.

장미는 온대성의 상록관목으로 햇빛을 좋아하는 식

물이다. 적정생육온도는 구간 24~27℃이고 야간온도 15~18℃이다. 30℃ 이상이면 꽃이 작아지고 꽃잎수가 줄어들어 퇴색하고 잎이 작아지며 엽색이 진해진다. 5℃ 정도이면 생육이 정지되고 0℃ 이하가 되면 낙엽이 지면서 휴면에 들어간다.

– 네이버 지식백과, '장미(Rose, 薔薇)'

위의 내용을 당시의 상황과 연결해 고민을 했더니, 장미는 적정 온도 아래에서는 자라지 못하고 그 이상의 온도에서는 퇴색하고 꽃이 작아지는 현상이 발생하는 민감한 온도를 가진 것이 눈길을 끌었다. 이것을 문인들의 환경과 연관을 지어 생각해 보았다. 먼저 시대적 상황과 함께 고려하면 일본의 식민지배의 압박과 좌 · 우 이념이 대립된 상황에서 문학이 정치적 상황과 독립적으로 존재 하기 어려웠던 점, 경제적으로 궁핍했던 시절의 문인들이 경제적 압박에서 어느 만큼의 밥벌이와 문학의 꿈을 조화시킬 것인가의 고민 점, 두 가지 관점이 떠올랐다. 이것은 독자들도 충분히 예상 할 수 있는 내용이고 공감할 것이다. 또한 「장미의 온도」는 문화 예술이 꽃피는 조건으로도 때론 문학을 통해서 세상을 바라보는 박인환의 가치관 등으로 변용되어 이야기할 수 있는 가능성도 열 려있다. 그러나 원시림과 연결해 생각하면 무언가 부족하다는 느 낌과 함께 왠지 확신이 들지 않았다. 그러던 중 『정신분석 입문』 을 새로이 읽으며 정리를 하던 와중에 눈에 띄는 대목을 발견했다. 프로이트는 『정신분석 입문』에서 '꿈의 분석'을 설명하는 내용으로 많은 시간을 할애했다.(정신분석 입문은 강의 내용을 책으로 만들었다.) 꿈이 환자의 무의식을 이해하는 많은 단서를 제공한다고 생각했고, '백일몽'이라는 꿈과는 다른 공상에 대해서 설명하는 대목이 있다. 박인환 시인 역시 창을 내다보며 공상에 잠기는 듯한 장면이 시에 자주 나온다. '창을 두들기는 햇빛', '창을 부수는 듯 별들이 보였다'는 내용들은 그가 보는 창밖이 어떤 의미를 갖는지 알게 한다. 프로이트에 의하면 '백일몽'은 대낮에 꾸는 꿈으로 보고 있는 것이 아니라 생각하는 것이며 이것이 꿈과 다른 점이지만 공통점이 많다는 것이다. 사춘기 이전, 때로는 유년기 이후에 나타나서 성년기까지 계속되다가 그 뒤에 사라져 버리는 수도 있고, 만년에 이르도록 끈질기게 남는 수도 있다고 말한다.

> 공상에 의한 소망 충족에 시간을 소비하는 것은, 그것이 현실적인 것이 아님을 뚜렷이 알고 있더라도 어떤 만족감을 주는 것은 의심할 여지가 없다. 그러므로 인간은 공상이라는 활동 속에서 현실에서는 오랫동안 단념해 온 외적 속박으로부터의 자유를 향락하는 것이다. 이리하여 인간은 마침내 어떤 때는 쾌감을 구하는 동물, 또 어떤 때는 지성적 존재가 될 수 있었다. 인간은 현실에서 쟁취해 온 얼마 안 되는 만족만으로는 아무래도 부족함을 느낀다. "일반적으로 보조해주는 장치들

이 없으면 되는 일이 없다"라고 폰타네(독일의 소설가)가 언젠가 말한 적이 있다. 공상이라는 심리체계의 창조물은, 농업·교통·공업 때문에 바야흐로 지구의 원시적인 면모가 순식간에 흔적도 없이 사라져 버리려 하는 곳에 만들어진 '보호림'이나 '자연보호 공원'과 같다. 거기서는 본래 모습을 볼 수 있다. 자연보호 공원은 옛 상태를 그대로 간직하고 있지만, 그 밖의 곳에서는 유감스럽게도 필요에 의해서 그런 옛 모습은 희생되어 버렸다. 거기서는 모든 것이, 소용없는 것도 해로운 것도 제멋대로 무성하게 자라고 있다. 공상이라는 마음의 나라도 현실원칙의 속박을 벗어난 이런 보호림이다.

– 김양순 옮김, 「'정신분석 입문' 스물세 번째 강의」

프로이트가 언급한 '보호림'을 읽는 순간 「장미의 온도」에 나오는 '원시림'이라는 단어가 겹쳐졌다. 프로이트는 강의에 문학적 소재를 자주 예로 들며 정신분석에 관한 내용을 자세히 설명했으며 공상과 예술과의 관계도 길게 언급한 내용이 있다.

나는 일반의 관심을 많이 끄는 가치 있는 공상 생활의 어떤 면에 대해서 잠시 주목해 주기를 바란다. 즉 공상에서 현실로 돌아가는 길이 있다고 하는 것이다. 이것은 바로 예술이다. 예술가는 내향자가 될 소질을 충분히 갖고 있다. 내향자는 노이로제 환자와 큰 차이를 보이지 않는다. 예술가는 명예 · 권력 · 재물 · 명성 · 여성 · 사랑 등을 얻고 싶어하는 강한 욕구에 시달린다. 그러나 그는 이것을 만족시킬 수 있는 수단을 알지 못한다. 그래서 예술가는 다른 불평가처럼 현실에서 도피하여, 그의 모든 관심을(심지어 리비도까지도) 노이로제의 초입이라고 할 수 있는 공상 생활의 소망 형성에 돌린다. 그러나 노이로제가 그의 발전의 결말이 되지 않도록 하기 위해서는 여러 가지 인자가 서로 결합되어 있어야 한다. 예술가가 노이로제 때문에 그 능력이 부분적으로 억압되고 괴로워한 예가 많다는 것은 잘 알려져 있는 일이다. 아마 예술가의 기질에는 승화하는 능력이 강하고, 갈등의 해결 수단이 어느 정도 약한 모양이다. 그러나 예술가는 현실로 돌아가는 길을 발견한다. 공상 생활을 하는 자는 예술가뿐이 아니다. 공상이라는 중간 지역은 일반적으로 인간의 합의에 의해 인정하고 있다. 그리고 스스로 부족하다고 느끼는 자는 모두 이 공상에서 기쁨과 위안을 얻고 싶어 한다. 그러나 예술가와는 다른 일반 사람들은 공상의 세계에서 쾌감을 얻는 것에 제한을 받고 있다. 이런 사람들은 너무나 심한 억압을 받아 할 수 없이 가까스로 의식에 올라갈 수 있는 조잡한 백일몽으로 만족을 얻지 않으면 안 된다. 그런데 참된 예술가의 경우는 그 이상의 것을 뜻대로 할 수 있다. 예술가는 우선 자기의 백일몽을 알고 있다. 그리하여 남의 마음에 거슬리는, 너무나 개인적인 백일몽은 없애고 누가 읽어도 재미있는 것으로 만든다. 둘째로 예술가는 또한 백일몽이 금지된 세계에서 얻은 것이라는 점을 남이 쉽게 알지 못하도록 완화시키는 방법도 알고 있다. 셋째로 그는 어떤 하나의 소재가 자기의 공상의 표상과 동일하게 보이도록 이 소재에 형태를 부여하는 이상한 능력을 갖고 있다. 넷째로 그는 무의식적인 공상의 이 표현에 많은 쾌감 획득을 결부시키는 방법도 알고 있어, 그 결과 억압은 적어도 잠시 동안 이 표현에 압도되어 포기되고 만다. 만일 예술가가 이와 같은 일을 해낼 수 있다면, 그는 다른 사람들이 무의식이라고 하는, 엄격하게 제한받고 있는 쾌감의 샘에서 다시 기쁨과 위안을 얻을 수 있게 만들어 타인의 감사와 경탄을 차지한다. 그리하여 처음에는 단지 자기의 공상 속에서만 손에 넣었던 것, 즉 명예·권력·여성의 사랑 등을 자기의 공상에 의해 이제 실제로 획득할 수 있게 되는 것이다.

- 김양순 옮김, 「'정신분석 입문' 스물세 번째 강의」

프로이트는 정신분석의 선구자이면서 예술가들의 내면세계에도 관심을 가져 밀도 있는 분석을 내놓았다. 아마도 박인환 시인은 의과대학 재학 시에 『정신분석 입문』을 접했을 가능성이 높다. 문학과 예술에 빠져있던 청년 박인환은 프로이트의 창조적 시각에 감명 받고 서양의 발달된 문명을 알려 깨우침을 주고 싶었을 것이다.

앞서 「장미의 온도」가 지칭하는 것은, 이념적 측면, 경제적 측면에서의 조화로운 영역이 문인의 창작활동에 중요한 환경적 요인이라는 상징적 표현일 가능성을 언급했다. 하지만 무언가 부족하다고 생각했다. 바로 작가의 내적 창작 욕구가 빠져있었기 때문에 '원시림'에 대한 접근이 어려웠고 막연한 느낌만 있었다는 생각이다. 박인환 시인은 공상과 현실 사이에서의 조화로운 지점에도 많은 고민이 있었다는 판단이다. 김수영 시인이 프로이트를 읽지 않고 박인환의 말을 이해하려고 고민했으나 힘들었다고 밝힌 것처럼, 그의 시는 한쪽 방향으로만 보아서는 이해가 어려울 수 있다. 예술적 관점과 자연과학적 관점의 두 가지 영역을 모두 고려해서 바라보아야 좀 더 이해하기 쉬워진다는 생각이다. 본문에서 밝혔듯이 박인환 시인은 어두운 나라의 현실을 걱정하면서 예술과 과학문명의 발전이 약소국의 설움을 털어낼 수 있다고 생각한 지식인의 입장이 늘 견지되고 있었기에 시의 내용도 그런 의도가 관철되고 있다. 또한 '나를 괴롭히는 무수한 장미들의 뜨거운 온도'를 언급한 내용을 보면 여건만 맞았다면 아름답게 활짝 필 수 있었던 맑은 영혼들에 대한 강한 의무감을 지고 있었음을 느낄 수 있다.

그래서 김규동 시인이 언급했던 것처럼 그는 늘 외로운 길을 걸었고, 또한 그렇게 힘들었는지 그의 시에는 많은 눈물자국이 있다.

나는 10여 년 동안 시를 써 왔다. 이 세대는 세계사가 그러한 것과 같이 참으로 불안정한 연대였다. 그것은 내가 이 세상에 태어나고 성장해 온 그 어떠한 시대보다 혼란하였으며 정신적으로 고통을 준 것이었다.

시를 쓴다는 것은 내가 사회를 살아가는 데 있어서 가장 의지할 수 있는 마지막 것이었다. 나는 지도자도 아니며 정치가도 아닌 것을 잘 알면서 사회와 싸웠다.

신조치고 동요되지 아니한 것이 없고 공인되어 온 교리치고 마침내 결함을 노정하지 아니한 것이 없고 또 용인된 전통치고 위태에 임하지 아니한 것이 없는 것처럼 나의 시의 모든 작용도 이 10년 동안에 여러 가지로 변하였으나 본질적인 시에 대한 정조와 신념만을 무척 지켜 온 것으로 생각한다.

처음 이 시집은 '검은 준열의 시대'라고 제하려고 했던 것을 지금과 같이 고치고 4부로 나누었다. 집필 연월순도 발표순도 아니며 단지 서로의 시가 가지는 관련성과 나의 구분해 보려는 습성에서 온 것인데 도리어 독자에게는 쓸데없는 일을 한 것 같다.

여하튼 나는 우리가 걸어온 길과 갈 길 그리고 우리들

자신의 분열한 정신을 우리가 사는 현실 사회에서 어떻게 나타내 보이며 순수한 본능과 체험을 통해 본 불안과 희망의 두 세계에서 어떠한 것을 써야 하는가를 항상 생각하면서 여기에 실은 작품들을 발표했었다.

끝으로 뜻깊은 조국의 해방을 10주년째 맞이하는 가을날 부완혁 선생과 이형우 씨의 힘으로 나의 최초의 선시집을 간행하게된 것을 감사하는 바이다.

1955년 9월 30일

저자

– 선시집 후기, 『산호장』(1955.10)

박인환 시인을 사랑한 독자와, 많은 관심을 가져 준 연구자들에게 감사드리며 글을 마친다.

❀ 박인환 시인 연보

1926년 8월 15일	본관 밀양 박씨로, 강원도 인제군 인제읍 상동리 159번지에서 박광선과 함숙형 사이의 4남 2녀 중 장남으로 태어남.
1933년(8세)	인제공립보통학교에 입학.
1936년(11세)	서울로 이사 후 덕수공립보통학교 4학년에 편입.
1939년 3월(14세)	덕수공립보통학교를 졸업, 4월 2일 경기공립중학교(5년제)에 입학.
1940년(15세)	원서동 215번지로 이사.
1941년 3월(16세)	경기공립중학교를 중퇴하고, 한성학교 야간부로 전학.
1942년(17세)	황해도 재령에 있는 명신중학교 4학년에 편입.
1944년(18세)	명신중학교를 졸업, 관립 평양의학전문학교(3년제) 입학.
1945년(20세)	8·15광복 후 학업을 중단, 이후 종로3가 2번지 낙원동 입구에서 서점 '마리서사'를 개업.(시기불명확)
1946년(21세)	6월 20일 조선청년문학가협회 시부 주최 '예술의 밤'에 참여, 예술의 밤 낭독시집인 『순수시선』에 시 「단층」을 발표하고 낭독.(엄동석·염철 엮음 『박인환문학전집』 참조. 이전까지 박인환의 최초 발표작은 「거리」가 1946년 12월 『국제신보』에 발표된 것으로 알려졌으나 이는 근거가 불명확한 것으로 알려져 있다.)
1948년(23세)	'마리서사'를 폐업하고, 4월 말 덕수궁에서 이정숙과 결혼. 김경린·양병식·김수영·임호권·김병욱 등과 함께 동인지 『신시론』 제1집 발간하였고, 자유신문사에

	입사.
1948년 12월(23세)	장남 세형 출생.
1949년(24세)	김경린·김수영·임호권·양병식과 함께 5인 합동 시집 『새로운 도시와 시민들의 합창』을 출간.
1949년 7월(24세)	국가보안법 위반 혐의로 내무부 치안국에 체포되었다 석방, 경향신문사에 입사. 동인 중 김수영·양병식·임 호권이 빠지고 이한직·조향·이상로 등이 새로 가담한 '후반기' 동인을 결성.
1950년 9월(25세)	장녀 세화 출생. 한국전쟁 발발 후 9·28서울 수복 때 까지 지하생활을 하다가 12월 8일 대구로 피난.
1951년(26세)	1·4후퇴로 대구로 피난, 5월 육군 소속 '종군작가단'에 참여.
1951년 10월(26세)	경향신문사 본사의 부산 이전으로 부산에서 기자 생 활.
1952년 6월(27세)	경향신문사 퇴사, 대한해운공사 입사.
1953년 3월(28세)	'후반기' 동인과 함께 '이상(李箱) 추모의 밤' 시낭송 회를 개최.
1953년 5월(28세)	차남 세곤 출생. 7월 중순 경 서울 옛집으로 돌아옴. 상 경 직전 부산에서 '후반기' 해산, 김규동·이봉래·이진 섭·오종식·허백년·유두연 등과 함께 '영화평론가협 회'를 발족.
1954년 1월(29세)	한국영화평론가협회 상임간사에 취임.
1955년 3월(30세)	대한해운공사의 화물선 '남해호'의 사무장으로 승선, 미국 여행.
1955년 4월(30세)	미국 여행 후 『조선일보』에 「19일간의 아메리카」 기고.
1955년 10월(29세)	대한해운공사를 퇴사하고, 『박인환 선시집』(산호장) 을 출간. 아시아재단이 주관하는 '자유문학상' 후보

	에 오름.
1956년 3월(31세)	'이상 추모의 밤'을 개최.
1956년 3월 20일(31세)	오후 9시 심장마비로 사망.
1976년 3월(20주기)	시집 『목마와 숙녀』(근역서재) 출간.
2000년(44주기)	'박인환문학상' 제정.
2012년(56주기)	강원도 인제에 박인환문학관 개관.
2016년(60주기)	『박인환 숯시집 검은 준열의 시대』(스타북스) 출간.

인제 '박인환 문학관' 외부전경

망우리 공원묘역 박인환 시비詩碑

망우리 박인환 묘역 안내판
문우들이 세운 박인환 묘비석(1956.9)

149

'박인환문학관' 내부

• 1955년 발간 『박인환 선시집』
영인본(스타북스) 56편 수록.
표지 디자인이 지금도
어색함이 없이 현대적이다.

•• 박인환 60주기 발간
『박인환 수시집 검은 준열의 시대』
90편 수록.

••• 선시집 발간년도를
서기 1955년으로 하지 않고,
단기 4288년으로 표기했다.
박인환 시인이 일본, 미국을
여행하고 쓴 글을 보면,
비록 당시 약소국이지만
한국인으로서 자긍심이
강했음을 확인할 수 있다.

•••• 1976년 박인환 20주기 발간
『목마와 숙녀』 표지 61편 수록.
사진은 1980년 증쇄판임.

❀ 참고문헌

간호배, 『한국 모더니즘 시의 미학성』, 채륜, 2010.

강계순, 『아! 박인환 —사랑의 진실마저도 애증의 그림자를 버릴 때』, 문학예술사, 1983.

기욤 아폴리네르 지음, 황현산 옮김, 『사랑받지 못한 사내의 노래』, ㈜민음사, 2016.

김광균 외, 『세월이 가면, 시인 박인환과 그 주변』, 근역서재, 1982.

김권섭, 『국어 선생님과 함께 읽는 현대시』, 도서출판 산소리, 2008.

김규동, 『나는 시인이다』, 바이북스, 2011.

김기림, 『김기림 선집』, 깊은샘, 1988.

김삼웅, 『조봉암평전』, 시대의 창, 2010.

김서현, 「진정성이라는 거울에 비춰진 박인환」, 『한국근대문학연구』 28, 한국근대문학회, 2013.

김수영, 『김수영 전집』, ㈜민음사, 1981.

김유중, 『한국모더니즘 문학과 그 주변』, 푸른사상사, 2006.

김학동, 『오장환평전』, 새문사, 2004.

김학동 엮음, 『오장환전집』, 국학자료원, 2003.

김학동·이민호, 『김광균 전집』, 국학자료원, 2002.

김희정, 『버지니아 울프—살아남은 예술가의 초상』, ㈜살림출판사, 2004.

데이비드 핼버스탬 지음, 정윤미·이은진 옮김, 『콜디스트 윈터』, ㈜살림출판사, 2009.

로버트 네이선 지음, 이덕희 옮김, 『제니의 초상』, ㈜문예출판사, 2015.

맹문재 엮음, 『김규동 깊이 읽기』, 푸른사상사, 2012.

맹문재 엮음, 『박인환 전집』, ㈜실천문학, 2008.

맹문재 외, 『박인환 깊이 읽기』, 서정시학, 2006.

민윤기 엮음, 『박인환 손시집 검은 준열의 시대』, 스타북스, 2016.

박인환, 『한국대표시인 101인 선집, 박인환』, ㈜문학사상, 2005.

박현수, 『한국 모더니즘 시학』, 신구문화사, 2007.

버지니아 울프 지음, 이미애 옮김, 『등대로』, ㈜민음사, 2014.

신경림, 『신경림의 시인을 찾아서』, ㈜우리교육, 1998.

신경림, 『신경림의 시인을 찾아서 2』, ㈜우리교육, 2002.

안서현, 「작가들의 전쟁체험 수기 연구」, 『한국근대문학연구』 28, 한국근대문학회, 2013.

엄동섭·염철, 『박인환 문학전집 1-시』, 소명출판, 2015.

우석훈, 『아픈 아이들의 세대』, 뿌리와 이파리, 2005.

유성호, 「박인환 시편 세월이 가면의 원전과 창작과정」, 『한국근대문학연구』 28, 한국근대
　　　문학회, 2013.

윤석산, 『박인환 평전』, 도서출판 모시는 사람들, 2003.

이봉구, 『명동백작』, 일빛, 2004.

이상, 『이상선집』, 42미디어콘텐츠, 2016.

이상·김광균·김경린·김수영·김규동·박인환, 『모더니즘 시선집』, 청담문학사, 1986.

이승하 외, 『한국 현대시문학사』, 소망출판, 2005.

이연식, 『위작과 도난의 미술사』, 한길아트, 2008.

이한이 엮음, 『문학사를 움직인 100인』, 청아출판사, 2014.

장 콕토 지음, 오은하 옮김, 『앙팡테리블』, 임프린트 문학에디션 뿔, 2007.

정끝별 해설, 정원교 그림, 『우리가슴에 꽃핀 세계의 명시 2』, ㈜민음사, 2012.

조병화, 『조병화자전적에세이 떠난세월 떠난사람』, 융성출판, 1996.

조성관, 『파리가 사랑한 천재들-예술인편, 모딜리아니에서 샤넬까지』, 열대림, 2016.

지그문트 프로이트 지음, 김양순 옮김, 『정신분석 입문』, 동서문화사, 1988.

최하림, 『김수영 평전』, ㈜실천문학, 2001.

플로라 그루 지음, 역자 강만원 엮음, 『마리 로랑생-사랑에 운명을 걸고』, 도서출판 까치,
　　　1994.

허마이오니 리 지음, 정명희 옮김, 『버지니아 울프 1·2』, 책세상, 2001.

『월간조선』 2015년 4월호.

영화 「제니의 초상」, 감독 윌리엄 디털리, 1948.

네이버 지식백과

다음 지식백과